LOST CONTROL

ロスト・コントロール

－虚無仮説1－

蒔舞《シーウ》

黒木夏兒／訳

Contents

Characters
登場人物

藍沐恩《ラン・ムーウァン》／ラン・M・エイムス

FBI捜査官で、ハイエル班一の穏健派。
無謀なハイエルに振り回されつつも、
秘かに想いを寄せている。ある事情で
カウンセリングを受けており——…。

レックス・ハイエル

FBI捜査官。藍の相棒であり上司。
愛称はレイ。
ワンマンだが極めて有能。
特定の相手はいないようだが、
過去に妻を亡くしていて——…。

ニール・ブラウン
FBI捜査官。
ハイエルのライバルで
出世に目が無い。
イアン・スターク
FBIの心理アドバイザーも務める
若きカウンセラー。藍の友人で、
カウンセリングの担当医。
ダニー・ブラック
ハイエル班の一人。愛称はダン。
裏社会にも知り合いがいる現場叩き上げ系。
アニタ・アイバーソン
ハイエル班の唯一の女性捜査官。
小柄な美人。愛称はアン。
お嬢様な出自のわりに、気が強い。

Illustration yoco

―――― 周辺人物 ――――

ケヴィン・エイムス
藍の養父。LA市警の警察官。

メアリー・エイムス
藍の養母。優しく理想的な母親。

ヒューズ・レイク
FBIの心理アドバイザー。ケヴィンの友人。

リディア・マックス
六歳の可愛らしい少女。犬の餌をやりにいったまま失踪。

ジェイソン・マックス
リディアの兄。妹想いで面倒見のいい小学生。

トビー・アレン
貯蔵室に住む男。貯蔵室の怪人《ファントム・オブ・ザ・セラー》と呼ばれている。

ルーシー・アレン
トビーの母親。夫は戦死している。

マリア・バート
トビーの祖母であり、ルーシーの母親。

パーシー・コリンズ
LAの闇の武器市場を牛耳る密売人。

ティム・エレル
コリンズの隠し子。

ジュリア・ピータース
シングルマザー。十歳の息子がいる。

ロスト・コントロール

―虚無仮説《きょむかせつ》1―

序章

藍沐恩《ラン・ムーウァン》は後になって、その瞬間の自分の反応をつくづく反省した。

そういう状況をこれまで想像したことがなかったわけではない。ただし〝現場で〟などというシチュエーションでは絶対になかった。

おかげで、上司に当たるレックス・ハイエルがいきなり飛び掛かってきた次の瞬間には、一《ひと》欠片《かけら》の心構えもないままに、冷たい大理石の床と彼の鍛《きた》えられた温かい身体との間に挟《はさ》まれるという、なかなか予想だにしない状態に陥《おちい》っていた。

顔を心持ち横へとずらし、ハイエルの吐息が頬《ほお》を撫《な》でるのを避ける。互いの胸がぴったりと重なり合うせいで、呼吸すらままならなかった。

「鼓動が早いな。どうかしたのか？」

少しかすれたハイエルの低い声が耳元に響く。

やや冷たいその唇《くちびる》が耳を掠《かす》めた瞬間、危うく全身が震え上がりそうになったのを堪《こら》え、藍《ラン》は深呼吸すると冷静な口調で言った。

「自分の上司にいきなり押し倒されたら、誰だってちょっとは緊張するだろ」

ハイエルが少し顔を上げる。深みのあるブルーアイズが僅《わず》か数インチ先から藍を見つめ、ほとんど触れ合わんばかりの距離でその唇が動いた。

「お前が俺に注意を払う代わりに、自分の背後にちゃんと気をつけていれば、俺だってお前を押し倒さなくて済んだんじゃないのか？」

ハイエルのこの台詞《せりふ》に他意があるかどうかなど考えることもできないまま、反射的に言い返す。

「……自分の背中にだけ気をつけていて、どうやってあんたを掩護《えんご》しろって？」

ハイエルの唇が僅かに吊り上がり、いつものあの薄笑いが浮かんだ。

「ならお前が負傷したら？　この状況下で俺に次のガードを探せと？」

こうなってしまえばこっちの負けだ。そもそも、ハイエルとこんな時にこんな論争をしていても意味はない。

「はいはい、俺が間違ってました。で？　どうする？」

また一発、銃声とともに飛んできた弾が二人の頭上を掠め、まだ藍に圧《の》し掛《か》かっていたハイエルが素早く頭を引っ込める。

藍はやや狼狽《うろた》えて顔を背け、それ以上の接触を避けた。

「あと何発残っている？」

心持ち上半身を起こしたハイエルは身体の位置を下へとずらし、自分達の隠れているちっぽけな工作台越しに、遠く離れた二階にいる敵の形勢を窺《うかが》おうとする。

その瞬間、下半身が擦《こす》れ合い、藍は思わず声を上げそうになった。だが、こんな状況下では唇を噛んで罵声《ばせい》を押し殺すしかない。

藍は時折感じていた。レックス・ハイエルはこの手の行為をわざとやっているのだと。

とはいえ、忌々《いまいま》しいことに自分が同性愛者ではなく、なお且つこのくそったれ上司にひそかに恋心を抱いたりしていなかったなら、今だってここまで切羽詰《せっぱつ》まった感覚にはならなかったはずなのだ。

こんな場所で、この状況下で、銃弾の襲来のみならずハイエルからの〝擬似〟セクシャルハラスメントまで受ける羽目になるとは。

心の中で、母親には到底聞かせられないような類《たぐ》いの罵声を大量に彼に浴びせ掛けつつ、藍は片手で弾倉《マガジン》を開き、中をさっと確認した。

「俺の方は残り三発」

ハイエルの弾倉にはまだ二発残っていたはずだが、バックアップを務《つと》める藍の残弾数も大して変わらない。

しかも前方は暗がりで、ハイエルは相手の狙撃手《そげきしゅ》の位置を確認できていないようだ。

「お前が左、俺が右か？」

頭を低くしたハイエルが、不機嫌な顔の藍に目を向ける。

「ああ」

軽く頷《うなず》いて藍は応じた。さっさとハイエルと身体を離せればそれでいい。

ハイエルが藍の身体の上から滑るように離れる。

一瞬のアイコンタクト。次の瞬間には二人は左右に分かれて工作台の陰から飛び出していた。

どっちを撃てばいいのかわからず、暗がりの狙撃手が一瞬躊躇《ためら》ったのだろう。銃撃が途切れる。

その隙《すき》に銃を構えた藍は、二階のさっき発砲時の閃光《マズルフラッシュ》が見えた地点めがけて撃ち込み、内心でくそっと舌打ちした。射程距離が足りない。

――続けざまの三発の銃声。

死角となる踊り場へと身を翻《ひるがえ》して飛び込み、僅かに頭を出してハイエルの方を確認する。

すぐに二階へ視線を戻すと、見覚えのある背の高い人影がこっちに向けて軽く手を振っているのが見えた。

狙撃手を制圧したらしい仲間の姿にほっとしてそこから出た藍は、ちょうど反対側から近付いてきたハイエルの無事を確認し、ようやく一息吐《つ》いた。

「あんた達、大丈夫？」

突入班とともに外から駆け込んできたのは、ハイエル班唯一の女性捜査官であるアニタ・アイバーソンだった。小柄な美人だが、今はその手にライフルを持ち、防弾ベストを身に着けている。

藍達の姿をざっと見て、誰も負傷していないのを確認するとアニタは笑みを浮かべた。

「今日の収穫はでかいわよ」

「そっちには何人いたんだ？」

ハイエルが尋ねながら先に立って出ていく。

「上に一人、裏に三人、外に二人です」

言いながらアニタは防弾ベストを脱いでぶらぶらと揺らした。

「更に、約五ポンドのヘロインの塊《かたまり》も」

そもそものきっかけは、なんということもないただの垂れ込みだった。郊外の廃ビルで薬物取引がある、と。また数グラムのちゃちな取引だと思っていたのが、思いもかけぬ大手柄だ。

ハイエルが遠ざかったのを見たアニタが、振り向いて首を傾《かし》げる。

「顔色良くないよ。どうかした？」

「……なんでもないよ。君の相棒は？」

苦笑しながら藍は銃をホルダーに収め、アニタから防弾ベストを受け取った。

「裏にいる」

話を逸《そ》らした藍に、わかったわかったというように微笑したアニタが軽く藍の肩を叩《たた》く。

アニタとコンビを組んでいるダニー・ブラックは、ハイエル班の四人目だ。ハイエル達が裏に回るとちょうど彼が一九〇センチ近いその長身で以《もっ》て、黒人系の男を威圧しているところだった。

相手もかなり長身だが、地面に跪《ひざまず》いているせいでせいぜいダニーの腰の位置に頭がくる程度だ。

「なあ、ブラック。これはマジに俺のじゃないんだって。俺はただの運び屋なんだよ。俺達ダチだろ……助けてくれってば……」

煉瓦《れんが》くらいの大きさに成型された白い粉の塊を机の上から取り、ダニーが手でざっとその重さを計る。そしてうんざりしたように首を横に振ると、傍《そば》にいた捜査官に向けて手を閃《ひらめ》かせ犯人を連れていかせた。

「ボス」

自分の方に歩いてくるハイエルにダニーが向き直る。

「これ全部、高級品っすよ。こんなの買う度胸もルートもあいつにはないっす」

ハイエルは煙草《タバコ》に火を点《つ》けた。

「持ち主の名前は吐《は》いたのか？」

その問いには頭を振ってダニーが否定する。

「あいつは吐けませんよ。けど、あのブロックでヤクの供給元っていったらコリンズ家っしょ」

「この取引が掻《か》っ攫《さら》われたのは予想外の事態だろうな。コリンズ家にきっと動きがあるはずだ」

後ろに近付いてきていたアニタと藍にハイエルが目をやった。

「まずは撤収だ」

アニタは素直に離れていったが、ダニーはやや逡巡《しゅんじゅん》してから再度その口を開いた。

「けど……さっきあいつが言ってたことなんすけど……」

続けるよう、ハイエルが目で促す。

「なんかいいネタがあるって。近々、新型の武器のデカイ仕入れがあるはずだとかなんとか」

ダニーの口振りには、それを信じていいのか迷っているような気配が滲《にじ》んでいた。

「いつ？　どこから？」

藍は眉《まゆ》を顰《ひそ》めた。大量の武器の仕入れなどという情報は、下っ端の売人が簡単に耳にできるようなものではない。

「そこまでは知らないそうっす。奴が目にした見本てのは何挺《なんちょう》かのサブマシンガンだったたって言ってましたが」

軽く肩を竦《すく》めたダニーの言葉に、藍とハイエルは目を見合わせた。ハイエルが軽く頷く。

「まずは情報の確認だ。もしそいつの話が本当なら、奴は恐らく生きて監獄に入れないぞ。気をつけてやれ」

「了解」

頷いてダニーは離れていった。

一瞬考えを巡《めぐ》らせた藍が口を開こうとした時、ハイエルが振り向いて藍を睨《にら》みながら先に釘《くぎ》を刺《さ》してくる。

「先月の心理評価書をまだ提出してないってのは覚えているだろうな？」

ぎくりとし、藍は内心溜め息を漏《も》らしながらも頷いた。

しばらくこちらを睨んでから、ハイエルがまた口を開く。

FBI

「お前はそっちをきちんと済ませろ。カウンセラーのところで時間を無駄にするなよ」

「わかりました」

そう藍は答え、ハイエルが遠ざかるのを待って息を吐き出した。月に一度の苦行がまた始まるのだ。

第一章

〝そもそも藍沐恩《ラン・ムーウァン》は、目の前で起きた実母の自殺の影響から抜け出せていない〟

藍自身がどう思っているかに関係なく、誰もが絶えずそう指摘してきた。

例えば藍の幼い頃から大人になるまでを見てきたカウンセラー達だ。担当が変わろうと変わるまいと、結果的に藍にとってはどの相手も同じようなものだった。

「A……ability《才能》……B……brave《勇敢な》……C……care《介護》……」

口を噤《つぐ》み、藍は自分の前に座ってこちらを観察している男を眺めた。

男が笑って手を上げ、続けるよう促す。藍はそのまま、脳裏に浮かぶ言葉を羅列《られつ》し続けるしかなかった。

ソファの肘掛《ひじか》けを指先でそっと規則的に叩きながら、部屋の中のあちこちに視線を彷徨《さまよ》わせる。

このカウンセリングルームは、主人が変わったからといって変化することはなかった。深いコーヒー色の木製の書棚も、同じ色の事務机も、その上の書類と本すらもまるで変わっていないかのようだ。

変わったのは恐らく、部屋の主《あるじ》だけなのだ。

「D……determination《決定》……E……effort《努力》……まだ続ける？　このゲーム、俺が八歳の時からやってるから、そろそろ使える言葉がなくなりそうなんだけど」

藍はなるべく軽い口調で、目の前の常にのんびりした空気を纏《まと》っている男に言った。男の笑顔は崩れない。

「もううんざりだと君が思うんなら、やめてくれていいよ」

別に我慢しきれないと思ったわけではない。この手の遣り取りはもう常態化しているので、藍は微笑するに留《とど》めた。

「じゃあ、続けようか？　スターク先生」

「ラン、これまでみたいにイアンと呼んでくれって言っただろ」

イアン・スタークは、いつも親しみやすい口調を用いて話す。

「俺は今はプライベートじゃなく、仕事の時間だと思ってたんだけどな」

腕時計を見下ろした藍は、軽く笑みを浮かべてみせて座り直した。この男の前で気を緩め過ぎたくはない。

「そういうことなら、君はさっさと帰るわけにはいかないはずだよ」

一旦言葉を切ったイアンが藍をまっすぐに見つめる。

「君は仕事にはとても熱心だものね」

むっとして藍は彼を睨んだが、早々に諦《あきら》めてソファに背を預けた。

「はいはい、じゃ、続けようか、イアン」

イアンの顔にまた笑みが浮かぶ。

「じゃ、仕事について話してみて」

「いつもどおり。特別なことはないよ。事件の内容については君とは話せないし」

手だけはオーバーに広げてみせながら淡々と藍は答えた。

「なら、君の上司のことを話すのはどう？」

イアンの態度は、まるで藍の反応を観察しているかのように見える。

「……イアン、わざとやってる？」

藍は彼にきつい眼差しを投げた。

「それはどこを指して言ってるのかな？」

「わかってて訊《き》いてるんだろ。以前、君にハイエルのことを話したのは、君が俺の友達だからで、俺のカウンセラーだからじゃない。なのに、君はなんで今、カウンセラー面《づら》でそれを俺に訊こうとするんだ？」

肩を竦めたイアンが無邪気な表情を浮かべてみせるのに、眉を顰《しか》めた藍は、不信感を顔に滲ませる。

「けど、僕はもう知ってるんだよ。しかも僕は君のカウンセラーだ。まさか知らない振りをさせようって言うのかい？」

かすかに溜め息を吐いて答えるイアンに、彼への不満を隠さず藍は言い返した。

「ビジネスライクに済ませられないのか？　俺は〝カウンセラー〟に何か話したことなんてないんだから、それを持ち出して質問なんかするなよな」

「医者だからとか友達だからとか関係なしに、僕は君を助けたいんだよ。知らない振りなんかできない」

我慢強く、イアンが柔らかな口調を保つ。

「イアン、君が俺のことを友達だと思ってるなら、ヒューズの後任なんか志願すべきじゃなかった」

苛立《いらだ》ちも露《あら》わに立ち上がった藍に、さすがのイアンも軽く眉を顰めてこちらを睨んだ。

「おい、その言い方は僕に不公平だろ。ヒューズの地位は僕の目標だった。それは君も知ってるじゃないか。お互いの利益が衝突する可能性を冒《おか》しても、僕が君のケースに首を突っ込むのは、僕達が友達だからだ。他の馬鹿に君を担当させるつもりなんかない」

「俺はそもそも助けなんか必要としてない。ヒューズは死ぬまでずっと俺のことを手放さなかった。彼のおかげで俺は一生、メアリーを死ぬほど心配させるんだ。料理していてうっかり指を切っただけでもだぞ。俺達の付き合いは長いよな。俺が自殺するような奴だと思うのかよ？」

自分の不信感を訴えずにいられない一心で、藍はこの友人を見つめた。

「ラン、何事にも絶対はないよ。ヒューズの説には、君は賛同できないかも知れない。けれど、彼には彼の考えがあり、僕には僕の考えがある。君が自殺するだなんて、友人としては思ってないさ。けど、カウンセラーの立場としての僕は、君には誰かの助けを必要とする部分があると言わざるを得ない」

藍は何も言えず、手を上げて降参のポーズを取ってみせた。イアン・スタークがどう言葉を続けるのか知りたかった。

イアンも諦めたように肩を竦める。

「はいはい。ランは僕にこう言って欲しいんだろ。君の精神面はぐっちゃぐちゃだ。君はゲイで、パパに会ったことがないからファザコンで、だけどいつも相手にアタックしようとはしない。君は君の母親みたいになりたくないんだ。けどね、君達母子はそっくりだ。大人しく我慢するってのが癖になって……」

「もうたくさんだ！」

イアンの台詞を藍は遮った。

「俺の母親はメアリーで、父親はケヴィンだ。実の母も父も覚えちゃいないし気にもしちゃいない。八年なんてのは今の俺の人生の三分の一にも満たないんだぞ。あんた達カウンセラーはいつもその時間を拡大解釈して、この先の俺の人生をややこしいものにしようとするんだ。問題は〝その八年が俺にとって全く重要じゃない〟ってことだろ。俺が気にしてるのはこの先の人生で、ケヴィンとメアリーのことだ。俺自身とっくに忘れてる実の両親のことなんか持ち出して、俺を攻撃しようだなんて二度と思うなよな」

イアンは藍をまっすぐに見据えた。

「ラン、君の問題は、君がそれを認めようとしないところにあるんだ……」

「もう充分だって言っただろ」

声を上げ、イアンの言葉を再び断ち切る。もうこの話を続けたくはなかった。

ヒューズ・レイクは、藍の養父であるケヴィン・エイムスの古い友人で、亡くなるまでずっと藍のカウンセラーを務めていた。

藍がエイムス家に養子に入ってから始まったカウンセリングは週に一度行われ、そのうち月一回になった。あとは成人しさえすれば、ヒューズに会いに行くのも終わりになると思っていたのだが、藍が警官を志《こころざ》し、ＦＢＩに入ったことでそうもいかなくなった。ヒューズは当時、ＦＢＩの心理アドバイザーの一人だったのだ。

心理評価書にヒューズがサインしてＦＢＩの審査をパスさせてくれた代償が、月に一度のカウンセリングの継続だった。感謝すべきだとわかっていても、今だにこの無意味な時間が続いていることを思うと不満は残る。

深く息を吐いて、藍は心を落ち着かせた。別に友人に腹を立てたいわけではない。

「イアン、友達なら一筆書いてくれよ。もうカウンセリングは必要ないって証明を」

イアンは溜め息を吐いた。

ヒューズ・レイクに師事して七年になる彼は、ヒューズの弟子となったことをきっかけに藍と知り合い、以来友人となっている。レイク医師が病気で退職し亡くなる前にイアンに要求したのは〝藍沐恩を観察し続けること〟だった。

藍に関するファイルには目を通したし、藍の幼い日々の状況も知っている。友達として七年付き合い続ければ、恩師が藍に対し偏見《へんけん》を持っていたということは認めざるを得なかった。

藍に自殺傾向があるとはイアンは思っていない。藍の友人としても、一人のカウンセラーとしてもだ。藍が生きているという事実、それ自体が恩師の予測を否定する最高の証拠だからだ。

ただ、藍沐恩には他にも問題があった。

「ラン、僕は君の友達だ。友人の古傷を抉《えぐ》るのが僕の趣味だとか思ってるわけじゃないよね？　君には助けが必要だってのを認めろよ。君自身だってはっきりわかってるだろ……」

イアンの言葉が終わらないうちに、不意に藍の身体からけたたましい音が流れ出す。

「おい！　僕のカウンセリングルーム内では携帯禁止って知ってるだろ」

即不満の声を上げたイアンを一瞥《いちべつ》し、藍はポケットから携帯電話を引っ張り出した。こっちだって困っているのだ。

「メールだけだって。携帯切っとくとハイエルがうるさいのは知ってるだろ」

諦めたようにイアンは口を噤んだ。藍のあの凶悪な上司のことは彼も無論知っている。イアンの所見では、最もカウンセラーを必要としているのはあの上司、レックス・ハイエルのはずだ。

メールに目を走らせながら藍は眉を顰め、イアンに向けて携帯の液晶を閃かせた。

「悪い、行かなきゃ。アンバーアラート《児童誘拐事件警報》だ」

顔色を変えることなくイアンが机の上のスケジュール帳を手に取り、ページをめくり始める。

「いいよ。来週水曜がまだ空《あ》いてる」

藍は彼を睨んだ。

「イアン……」

「喧嘩《けんか》はなしだ。これが仕事だってわかってるだろ」

ぱっと腕を広げながらイアンが答えてみせる。

「好きにしろよ。もう行かないと」

他にどうしようもない。藍は手を振り、身を翻して部屋から出た。さっさとこの場を離れたい一心だった。

そのまま足早にエレベーターへと向かう。

ここの大理石の床はいつも鏡のように光っていた。小さい時、ドアの前に座ってヒューズを待つことになるたびに、こっそりこの床に水を零《こぼ》してはたくさんの足跡を付けて遊んだのを藍はまだ覚えている。ある日、藍が帰ろうとした時に、一人の老婦人が雑巾《ぞうきん》を持ち大儀《たいぎ》そうに腰を屈《かが》めて藍の足跡が付いた床を拭《ふ》いているのを見て以来、二度とそんな真似はしなかったが。

到着音とともにエレベーターのドアが開き、藍の追想は断ち切られた。

降りようとする女性を儀礼的な笑顔で優先し、彼女がケージから出るや否やさっさと乗り込む。狭《せま》い空間にかすかに漂う香水の香りに眉を顰め、クローズボタンを押した。

ドアが閉じる直前、閉まりかけていたドアを押さえ、身体を斜めにしてイアンがエレベーターに滑り込んでくる。

内心やれやれと思いつつも、藍はそれを顔には出さないよう努力した。

「送っていくよ。仕事の時間は終わりだ」

笑いながらイアンがクローズボタンを押す。

ちらっと彼を見たきり藍が無言でいると、少ししてイアンが切り出した。

「ねえ、いつまで怒っているつもりなのさ？」

エレベーター上部で点滅している階数表示を見つめながら藍は、もっと早く動けばいいのにとだけ願っていた。

「怒ってないよ。アンバーアラート発令だって、さっき言っただろ？」

「僕が言ってるのは、僕がヒューズの後任になってからのことだよ」

やるせなげにイアンが藍を見やる。

「この三ヶ月ってもの、君が僕に会いに来たのはほんとに月一回だけなんだぞ」

エレベーターを満たした沈黙は、長くは続かなかった。藍は溜め息を吐き、率直に認めた。

「うん。確かにむかついてた」

イアンが真面目な顔になり、藍に向き直る。

「僕を信じてくれ。君は、ろくに知らない誰かに君の記録を見せたり、新たに観察や研究させたりなんかしたくないだろ？」

「……わかってる」

また溜め息を漏らす藍に空気を変えようとイアンが笑みを浮かべた。

「ねえ？　たまに一緒に呑《の》みに行ってたあの頃みたいには僕達は戻れないのかな？」

彼を見つめ返した藍は、少しして口を開く。

「イアン。……君は俺が過去に唯一心の中を打ち明けた相手だ。その君が俺の心理評価書を書くのに俺達の会話の中身を使ったんだぞ？　だったら、昔みたいにしゃべろうって求める意図はいったいなんなんだ？」

その言葉にイアンが眉間《みけん》に皺《しわ》を寄せた。エレベーターが地下駐車場に着き、彼は手を伸ばしてオープンボタンを押すと、藍を先に降りさせる。

「僕達が知り合って七年だ。ラン、君は知り合ってすぐに、僕がヒューズを目標にしてるってことを知ったんだし、遅かれ早かれ僕が彼の後を継ぐってのもわかってて、支持してくれたじゃないか。まさか君が応援してくれたのは、僕があの部屋を自分のものにすれば、君にカウンセリングは必要ないってすぐさま一筆書けるようになるから、ってわけじゃないよね？」

「そんなつもりはないよ」

エレベーターを降りた藍は、顔に当たるややひんやりとした空気に一息吐き、朝の記憶に照らし合わせながら車へと向かった。駐車場を行ったり来たりするごとに足音がこだまする。

ヒューズが死んだ時に、カウンセラーを変えてくれと申請するべきだったのに、そうしなかったことを藍は些《いささ》か後悔し始めていた。

「けど、君はさっき僕にそれを要求しただろ」

後ろについてきたイアンが言葉を続ける。

足を止め、藍は心底から溜め息を吐いた。藍はこの広い駐車場が嫌いだった。これまでどうやっても一発で自分の車を探し出せた例《ためし》がない、ということを措《お》いてもだ。

「ラン、君が僕のことさえ拒《こば》むって言うんなら、君は一生過去の影の中に閉じ込められたままになるんだぞ」

イアンの口調はひどく静かなものだった。

藍は振り向き、友人をその目に捉《とら》えると仕方《しかた》なく口を開いた。

「俺はどうやったら、君の言うその〝過去の影〟なんかに縛られていないって、君に信じさせることができるんだ？」

「それについて僕と話し合えよ。君の子供時代について。でも僕が指してるのは、その時期における いわゆる〝楽しかった〟一部分のことじゃないからね」

そう付け加えながら、イアンは再び歩きだした藍の後について駐車場内を回った。藍がこの駐車場で車を探すのにそれなりに時間を要すると、彼は知っていたからだ。

再度振り返ってイアンを見据え、藍は厳しい口調で問いただした。

「君はどうしてケヴィンとメアリーと過ごした俺の子供時代を楽しいものじゃなかったなんてほのめかすことができるんだ？」

イアンが困ったように肩を竦める。

「そりゃメアリーが僕にそう言ったからだよ。彼女はひどく心配してた。ランは私には何も言おうとしないの、辛い時にも苦しい時にも、って」

「別にそれで、俺が幸せじゃなかったってことにはならないだろ？」

イアンを睨みながら、藍は車のキーを引っ張り出してリモコンを操作した。

「あのねえ、十歳の子供ってのは自転車でこけても泣くんだよ。君は骨折するほど殴られても、自分でこけたってメアリーに笑って言ってたんだろ」

そう話しながら涙を拭《ぬぐ》っていたメアリーの様子がイアンの脳裏には焼きついていた。どんな子供だってそんな風に子供時代を過ごすべきではない。

「俺はそういうひねた子供だったんだってことでいいだろ？　養子に貰《もら》われた中国人のガキなんて、俺でなくたって苛《いじ》められる。俺はメアリーを心配させたくなかったんだ」

思っていたのとはまるきり逆方向でライトを点滅させている自分の車を、藍はやっと見つけ出した。

自分がいらいらしているのはわかっていた。一つはこの話題に対して。もう一つは上司であるハイエルより現場に遅く着くことで、彼に恥《はじ》を掻かせる羽目になりそうだからだ。

イアンはまだぴったりと後ろについてきていた。

「君は苦痛を彼女に訴えてよかったんだ。でも、夜中に四十度の熱を出したり、痛みで気が遠くなったりした時も、君は彼女を呼ばなかった」

車の傍《かたわ》らに立った藍は頭を振り、諦めようとしないイアンを見やった。

「はいはい。君はいまやメアリーすら調査対象にしてるんだな？」

「彼女は自分から僕に会いに来たんだよ」

一度言葉を切ったイアンが、藍の顔を見て口調を和らげる。

「メアリーは自分が君の母親として間違っていたんじゃないかって、心配してる」

「そんなことない。彼女は世界一の母親だ。俺はいつもそう言ってるのに、なんでかメアリーは信じてくれないんだ」

メアリーのことを考えるだけで、藍はいつも温かい気持ちになれた。

溜め息を吐いてイアンが答える。

「じゃあ君は？　君はどうして僕を信じないんだ？　僕は、ランを助けたいだけなのに」

その言葉に沈黙した藍は、しばらく逡巡したのち、逃れるようにちらりと腕時計を見た。

「行かなきゃ」

「ラン！」

藍が車に乗り込む寸前、イアンがその腕を引っ張る。

「レックス・ハイエル」

そう一言告げたきり声を発しようとしないイアンを、どうしていいのかわからずに藍は凝視した。彼が何を言おうとしているのか、おおよそはわかっていた。

イアンが言葉を続ける。

「これは友人としての提案だ。ハイエルから離れろ。彼の存在は君にとってなんのメリットもない。彼に関わったところで君の人生における三度目の失恋になるだけだぞ」

イアンの手をそっと振り解いた藍は、低い声で早口に答えた。

「ハイエルはただの上司だ。あの時、君に話したことは覚えてる。彼の部下になれてすごくラッキーで、彼は尊敬に値する頭の上がらない上司だってね。けど、俺はハイエルを好きだとか、彼のベッドに潜り込みたいとかは言ってないだろ」

一歩も退く気のなさそうな目でイアンが藍を見つめ返す。

「この前まで、僕は君が誰かを褒《ほ》めるのを、たった二人についてしか聞いたことがなかった。そして、その二人は前後してどっちも君の恋人になって、しかも結果だって大して差がなかったじゃないか」

しばらく彼を睨んでから、藍は口を開いた。

「質問は終わり？　行っていいかな？」

にべもない藍にイアンは仕方なく手を離して数歩下がり、藍が車に乗り込みエンジンを掛けるのを許した。

急速に遠ざかっていく藍の車を見送る。

イアンにはわかっていた。自分の友人はまだ腹を立て続けている。しかも、恐ろしく長い間。

◇

サイレンを鳴らしまくり、フルスピードで藍は目的地へと到着した。

現場には人が溢《あふ》れている。ＬＡ《ロサンゼルス》市警とＦＢＩ捜査官が周囲を探索し、四、五匹いる警察犬も臭《にお》いを嗅《か》ぎ取るべく道端を行ったり来たりしていた。報道陣も既に押し合いへし合いしながら中継に備えて準備中だ。

車を降り、現場へ入ると藍は同僚を探した。目の前の出動中の警備人数は予想していたよりも多い。

この地区は養父の家がある辺りと雰囲気が似ている。距離もせいぜい二ブロック程度離れているくらいのはずだ。

前方に立っている隣りのチームの捜査官が二人、藍が近付いてくるのを目にして、嘲笑《あざわら》うように声を上げる。

「よう、これはエイムス捜査官じゃないか？　聞けば心理評価書がパスしなかったとか。どうしたんだい？　自殺癖はまだ治らないのかい？」

それには取り合わず、藍は軽く笑ってみせた。そのまま彼等を無視するつもりで歩きだした時、顔を上げた藍の目にこっちへ走り寄ってくる同僚のアニタの姿が飛び込む。

「あんたのママが昨日あたしに言ってたっけ。八年生になってもまだおねしょしてたんだって？今は治ってるのかしらね？」

黒いぴったりしたライダースーツを着たアニタは、色っぽくも冷たい笑みを浮かべると、軽口を叩いた男を睨んで言い放った。

馬鹿にしたような笑みがその男の顔の上で凍りつく。何か言い返そうにも果たせず、男は腹立たしげに後ろを向いて去っていった。

温和な藍よりアニタを怒らせた方が厄介《やっかい》だということはＦＢＩのＬＡ《ロサンゼルス》支局における周知の事実だ。

噴き出しそうになるのを藍は堪えた。

「アン、状況は？」

「リディア・マックス、六歳。犬に餌をやりに中庭に行ったきりずっと戻ってこないのを不審に思った母親が、十分後に様子を見に行った時には、もう姿が見えなかったそうよ。現時点まで失踪から三時間と……」

腕時計を見下ろしたアニタが、ついでに緩くカールしている長い黒髪を束ねながら続ける。

「二十八分ね。見慣れないワゴンタイプのキャンピングカーがこの家の前の路上に二十分くらい停まってるのを見たって言う目撃者がいるから、今はその車の行方を捜索中」

「ダニーは？」

いなくなった少女の家へ向かいながら藍は辺りを幾度か見渡し、アニタの相棒が見当たらないのを確かめた。

「昨日の仕事が終わった後、夜にバーでホットなお相手を引っ掛けちゃってね。伝言メッセージはもう三回も残してるんだけど」

どうしようもないと言いたげにアニタが軽く肩を竦める。

「ハイエルより前に到着できればベストだね」

苦笑しながら、藍は少女の家へと足を進めた。

この辺りの幾つかのブロックのどれもが、大体において平和で静かな方に相当するだろう。今通り過ぎてきた二つのブロックは住民の大半が警察ＯＢなので、滅多に事件が起こらないのだ。こんな真っ昼間に、しかも警察が大勢いる地域で少女が連れ去られるなど、ほとんど想像もできない事態だ。

綿密に計画を立ててての犯行なのか、それともとっさの思いつきか？

考え込みながら藍は少女の家に入り、中を観察した。近所に立ち並んでいる家々と同じようなよくある造りだった。室内のテーブル、椅子《いす》、書棚に並んでいる本。見たところどれも自分が育った養父の家のものと大して違わない。

チェストの上を一杯にしている写真立てに目をやる。両親のもの、祖父母のもの、やや若いモノクロの写真は恐らく他の年配の親戚だろう。それから赤ん坊の写真。小さな兄妹のものだ。

藍は眉を顰めてその写真の小さな男の子を見つめた。その子が自分の知っている相手だということに気付く。

「ラン、ちょっと問題があるみたいよ」

アニタが突然藍に近付いてくると、そうささやいた。

「うん、けどちょっと待って、アン。俺、この子を知ってる」

その写真立てを手に取りアニタを振り向いた時、見知った人物が家の奥に通じるドアから出てきた。隣りの班のボス――ニール・ブラウンだ。

「お前等、ここで何してる？」

「アンバーアラートの通知を受けまして」

動じることなく、藍は写真立てをチェストの上に戻した。

「このヤマは俺達のものだ。お前等は帰っていい」

そう言うと、出ていけというジェスチャーをブラウンがしてみせる。

「ですが、俺達が受けた指示はこの現場なんですよ。ハイエルはまだ来てないですし。彼の気の短さは知ってるでしょう。俺達を困らせないでくださいよ」

穏やかに微笑《ほほえ》み、藍はどうしようもないんですという仕草で腕を広げてみせた。レックス・ハイエルの性格が大いに強情なのはブラウンもよく知っていることだ。

「外へ行って捜索を手伝え。ここは俺達の班が処理中だ」

踵《きびす》を返して出ていく後ろ姿は、明らかに藍達二人と関わるのを拒絶していた。

アニタが腕組みをして、低くささやく。

「失踪した少女の母親はメイシー議員の姪《めい》よ。ニールは手柄を掻っ攫うのが早いわね」

「その話は後で」

室内を一通《ひととお》り見渡してから、外へ行こうと藍はアニタに示した。

外の芝生《しばふ》に出ると、左右を見回しながら裏庭へと向かう。家の裏に聳《そび》える大きな木の上にはツリーハウスがあった。

スーツのジャケットを脱いでアニタに手渡し、ネクタイを少し緩めると藍はその木に登り始めた。ツリーハウスのところまで登ると、予想したとおり中にいた少年に向かって笑顔を浮かべる。

「やあ、ジェイソン。俺を覚えてる？」

ハウスの奥で縮こまっていた少年は不意に現れた藍を目にし、小さく頷いた。

「……ランだよね、エイムスさんちの……」

「前、俺に新聞を持ってきてくれてた時は、いつもコーヒーも一緒に届けてくれてたね」

穏やかな笑みを浮かべたまま、藍は彼に手を伸ばした。

「下りてきてちょっと話さないか？」

ジェイソンはかすかに頭を振り、膝《ひざ》を抱えてツリーハウスの中で小さくなっただけだ。

「じゃあ俺が上がっていってていいかな？」

見たところ、このツリーハウスは大人が入るのに充分な頑丈《がんじょう》さを備えていそうだった。

しばらく躊躇ってから、ジェイソンがようやく頷く。

藍は気をつけながらツリーハウスに這《は》い上がり、少年の傍に座ると、手を伸ばして彼を抱き寄せた。

「何が起きたかは知ってる？」

ジェイソンが頷く。

「……リディアが……いなくなったんだ」

そっと彼の頭を撫でてやりながら藍は尋ねた。

「誰がリディアを連れていったか見た？」

頭を振ったジェイソンが、顔を膝の間に埋め、沈鬱な声を出す。

「……本当なら犬に餌をやりに行くはずだったのは、僕だったのに……」

大きな責任を感じている少年の姿に、藍はひそかに溜め息を吐いた。

「君のせいじゃないよ」

数秒間沈黙してから、ようやく頭を半分だけ上げたジェイソンが、祈るような眼差しを向けてくる。

「リディアを見つけてくれるよね？」

一瞬言葉に詰まったが、藍は穏やかに微笑んだ。

「ベストを尽くすよ」

ジェイソンは少しだけ安心したように見えた。

「誰がリディアを連れていったのかは見てない……ママが呼んでるのが聞こえたけど、あいつの返事はなかったんだ。僕が外を覗《のぞ》いてみた時には、もういなくなってた……」

ぽんぽんと彼の背中を藍は叩いてやる。

「この何日かに、誰かがリディアと話をしているのを見たことは？　でなければ誰かがこの辺をぶらついてたとか、いつもと違っていればどんなことでもいいんだけど」

何か考え込むようにしばらく俯《うつむ》いていたジェイソンが顔を上げた。

「……貯蔵室の怪人《ファントム・オブ・ザ・セラー》。彼と話してる人がいた」

「貯蔵室の怪人？」

藍は眉間に皺を寄せる。

「うん。いつもは誰も彼と話そうとはしないんだ。でも昨日も三日前も、彼と話をしに来てる人がいたよ」

ジェイソンが首を傾げて考えた挙げ句に口にするからには、本当にこれが唯一のいつもと違うことなのだろう。

「ええと……貯蔵室の怪人ってのは？」

苦笑して藍は尋ねた。子供というのはいつも、彼等にとってよく理解のできないたくさんの相手に、様々な渾名《あだな》を付けるものだ。

「アレンさんとこの貯蔵室に住んでる男のこと。アレンさんちの奥さんが彼を貯蔵室の中に閉じ込めてるんだ。みんなその人のことを貯蔵室の怪人って呼んでる」

そう言いながらジェイソンは身を乗り出して、向かいのブロックの家を指差した。

一緒に身を乗り出した藍がちらりと下を見ると、ちょうどこちらを見上げているハイエルの視線とかち合った。更にはアニタがぺろりと舌を出して、その細い人差し指で喉《のど》を真横に掻き切る仕草をしているのに気付き、苦笑しながら身体を引っ込める。

「ジェイソン、俺は行かなきゃ」

笑みを浮かべ、藍は彼の頭を撫でた。

「君はよくやってくれたよ。リディアのことは心配しないで。ただ、もう一回、ここ何日かにいつもと違ったことが起きてないかをよく考えてみて欲しいんだ。それで何か思い出したら、どんな時間でもかまわないからすぐに俺に知らせてくれる？」

「ずっとここにはいられないの？」

大きく目を瞠《みは》ったジェイソンが、縋るように藍のジャケットの裾を掴む。

「ごめん。一緒にはいられないんだ。でもいつでも俺に電話していいからね」

藍は笑って、取り出した名刺をジェイソンに手渡した。

「……僕が危ない時にも電話していいの？」

やや潤《うる》んだ目をジェイソンがしばたたかせる。

「勿論《もちろん》だよ」

彼の肩を抱き、藍は穏やかな笑みを向けた。

「でも今、この三つのブロックにはあっちにもこっちにも警察とＦＢＩの捜査官がいる。だから、君に危険はないはずだよ？」

「うん」

わかった、というようにジェイソンが頷く。

彼の頭をもう一度撫で、藍はようやくツリーハウスを離れた。

地面に下りる前、よく見知ったダニーの車がまさにここへとフルスピードで向かってきているのが、ツリーハウスの高さのおかげではるか彼方に見えた。

「状況は？」

ハイエルが藍に確認する。口調も表情も彼の不機嫌さを露わにしていたが、彼がそんな風になっている原因が藍には全くわからなかった。

口を開く前にアニタとアイコンタクトし、ハイエルがまだダニーのことを尋ねてはいないのを確かめる。

「屋内はブラウン班が処理中です。上にいるあの子はこの家の長男で、ジェイソン・マックス。向かいの家のあの貯蔵室の中に、閉じ込められている者がいると話してくれました。この何日か、たびたびその人物を訪ねてくる者もいたと。他には何も特別なことはなかったそうです」

振り向いたハイエルが、向かいのブロックの該当する家を一瞥した。

「他に知らせることは？」

その問いに藍は軽く肩を竦めてみせる。

「あんたがブラウンをあの家から蹴《け》り出してくれるんなら、もしかすると他にも手掛かりが拾えるかもね」

「ふん。ダニーは？」

ハイエルがそう言った時、ちょうど彼の携帯電話が鳴った。ハイエルはそれを取り出しナンバーを確認したが、通話ボタンを押そうとはしなかった。

「来てるよ。付近の状況を見に行ってもらったんだ」

藍が答えたのと同時に、ダニーが飛び込んでくる。

後ろに立ったダニーにハイエルがさっと振り向いたが、ダニーは慌《あわ》てず騒《さわ》がず状況を報告した。

「例の疑わしいキャンピングカーですが、六ブロック先で目撃したとの通報が入りました。現在は追跡中です」

ハイエルが頷く。

「なら俺達のやることはなくなったな。ここはブラウンの現場だ。二十分前、バンク・オブ・アメリカが襲われたぞ」

その知らせにアニタが無言でダニーとともに彼の車へと走りだす。藍は一瞬呆気《あっけ》に取られた。

「けど、この事件は……」

「俺が運転する」

異議を唱えようとする藍をハイエルが容赦なく遮《さえぎ》る。キーを寄越せと手を伸ばされたので、いやいやながらも従うしかない。

「……レイ。俺、あの子を知ってるんだよ」

その言葉にもハイエルは藍をただちらりと見ただけだった。そして淡々と告げる。

「幼女の誘拐事件なんてヤマに関わるのに、俺達が不向きなのはお前もわかってるだろ」

何か言い返したい気持ちを藍は我慢した。それがなぜなのかは勿論わかっている。この手の事件にアニタが全く向いていないせいだ。

過去にあった類似の事件で三回が三回とも、犯人の逮捕後に彼女は暴行犯として訴えられている。そのうち一回などは犯人に重傷を負わせてしまい、危うく被告として法廷に引っ張り出されるところだった。もし彼女の後ろ盾がしっかりしていなければ、とっくに局から蹴り出されていただろう。

　藍は眉間に皺を寄せ、一瞬考えてからまた口を開いた。

「あれはみんな、いたずら目的のロリコンだっただろ。マックス夫人はメイシー議員の姪だ。今回はただの身代金目的かも」

　車のドアを開け、ハイエルが藍を睨む。

「ガイシャの姿が見えなくなって三時間だぞ。犯人が電話で身代金を要求するには充分だ。ついでに言うとだな、犯行に使用した車で目立つ街中を走る奴がいるか？」

　嘆息した藍は、彼に続いて車に乗り込んだ。ハイエルの言っていることはどちらも正しい。

　車を現場へ走らせながら、ハイエルがもう一度釘を刺す。

「このヤマに関わりたいんなら、強盗事件をさっさと解決するんだな」

「わかってる」

　溜め息混じりに藍は答えた。なぜかわからないが、今日は特別に事件の発生が多いなと思う。

　いつもなら同じ日に、すぐ近くのブロックで強盗と誘拐が同時に起こるなんてことはまずないのだ。

◇

「四・六口径。ＭＰ７みたいだな」

ダニーは地面に蹲《うずくま》り薬莢《やっきょう》に目を凝らすと、銀行の大理石の壁面に連続して穿《うが》たれている弾痕を追い掛けて天井まで目を走らせた。

「四十連射のダブルマガジンだな」

「見たところ、素人《しろうと》みたいだね」

一列になったその弾痕を藍は指差し、そう考える根拠を述べる。

「ＭＰ７は反動が軽いのにこれだもんな。犯人は使ったことがなかったか、それとも吃驚《びっくり》したせいですぐには止められなかったか……」

「ええ、そうです、犯人は二名。どっちもスキー用の目出し帽を被ってサブマシンガンを持っていたそうよ。身長差は大してなくて、約五フィート八。犯人の一人はサイモンて呼ばれてる。この二人の強盗、かなり若そうな気がするんだけど」

アニタが彼女の携帯情報端末《PDA》を手に、ハイエルに報告している。

「現在のところ、負傷者はなし。奪われた正確な金額は現在推算中で、約二十万」

「こんなに簡単に成功したんだ。奴等、味を占めて必ず二件目をやるぞ。情報を知らせて付近の銀行に注意を促せ」

ハイエルは応援に来た市警を見渡した。いつもに比べて三分の一ほど少ない。アンバーアラートに加え、被害者が議員の親族だということで、大部分の警官が誘拐事件の支援中なのだ。

「手遅れでした」

走ってきたダニーが、口早に報告する。

「ついさっき、二件目をやらかしましたよ。ウェルズ・ファーゴ銀行です」

「なら三件目もあるはずだ。付近の銀行に注意させろ。警備の応援も出せ」

目を吊り上げたハイエルが銀行を飛び出していく。藍は慌ててハイエルを追い掛け、助手席に乗り込んだ。

サイレンがずっと耳元にこだましている。まるで朝から鳴りっ放しのような気分だった。

「ＭＰ７は素人が適当に銀行を襲おうと思ってすぐに手に入れられるような代物じゃないよ」

運転するハイエルを藍は見つめた。

「バンク・オブ・アメリカとウェルズ・ファーゴは通り一本隔ててるだけだ。次に近い銀行はどこだ？」

ハイエルが藍を睨む。

「チェイス銀行だ。右に曲がって三つ目の信号の左」

やや呆気に取られつつも、藍は即答した。

ハイエルが凄《すさ》まじい勢いで右にハンドルを切る前に、無線を掴《つか》み、ついでにドアの取っ手を固く握る。

「アン、ウェルズじゃなく、先にチェイスへ」

『了解』

クラクションの音とともに、チェイス銀行の建物すれすれに藍達の車は滑り込んだ。

耳に飛び込む一連なりの銃声と素早く銀行から逃げ出してくる人々の群れが、ハイエルの予想の正しさを証明している。

道端に車を突っ込ませ、ハイエルが飛び降りる。無線を引っ掴み藍は怒鳴った。

「連続強盗犯はチェイス銀行にいる。至急応援を。……ハイエル！」

走って遠ざかるハイエルの後ろ姿に気付き、藍は無線を投げ捨てて、後部トランクに飛びついた。中の防弾ベストに手早くセラミックプレートを装入し、重いそれを手にハイエルを追う。

なんとか追いついてベストを渡した後、車に戻って自分の分を用意した。だが、シャツの上に着込みながらハイエルのところに向かおうとする藍の前に、逃げ出してくる人々が立ち塞がる。

しかも、藍が彼等を避難誘導しているうちに、ハイエルはもう中へと飛び込んでいた。

「くそったれ！」

藍は罵声を発した。時々、ハイエルはアニタやダニーよりも更に厄介な奴だと心底思うことがある。

銃を構え、ハイエルと同じく正面玄関は避けて、側面に設けられた入り口から素早く銀行内への侵入を果たす。身体を低くして、辺りを観察しながら、カウンターの中へと藍は忍び込んだ。

ハイエルもカウンターの中の、やや手前に蹲っている。震え上がるほど驚いている女性行員の姿が見えたので、藍はジェスチャーで〝落ち着いて〟と彼女に伝えた。

二人の強盗のうち一人はカウンターの上に立ち、一人は金を詰め込むよう支店長に強要しているところだった。

「急げよ、急げったら!!」

カウンターの上の一人は相当緊張した様子で、行ったり来たりしながら大声で喚《わめ》いている。

「だから、襲うのは二軒でいいって言ったじゃん！　見ろよ！　警察が来ちゃったじゃんか」

「さっさとしやがれってんだ！　でねえとぶっ殺すぞ！」

下にいる強盗が銃を支店長の頭に押しつける。支店長は袋に金を押し込む手をますます早めた。

更に身体を低くした藍は、携帯電話を取り出してアニタにショートメッセージを送る。この二人はほぼ一〇〇パーセント未成年だ。なんの計画もなしに強盗しに突っ込んできている。万一何かあれば、この二人が生きてここを出るのは恐ろしく難しくなるだろう。

外から聞こえるサイレンの音もますます近付いてきている。藍が僅かに頭を突き出して様子を窺うと、警察は既にこの銀行の外をびっしりと包囲していた。

ハイエルが藍を振り向く。目配せをしてきた彼が防弾ベストを脱いだのを見て、何をするつもりなのか気付いた藍は目を剥《む》いた。しかし、止める手段はない。

くそったれ!!

防弾ベストの上のＦＢＩの文字がその身分を明らかにしてしまうのだ。

ハイエルは防弾ベストをカウンターの下に突っ込み、そろりそろりとカウンターのもう片方の端に向かって移動し始めた。

同時に外で拡声器を通した声が響き渡る。

『こちらはＬＡ《ロサンゼルス》市警だ。お前達は既に包囲されている。武器を下ろして投降すれば、発砲はしない！』

「ちっくしょう！」

カウンターの上の犯人はこれ以上ないほど狼狽え、銃を上げてすぐにもぶっ放しそうだった。

「撃つな！」

突然ハイエルが口を開いた。両手を高々と上げてゆっくりと立ち上がり、穏やかな口調で言う。

「撃ったらすぐに彼等が突入してくる。まだ死にたくないだろ？」

「う、動くんじゃねえよ！」

カウンターの上の犯人が、動揺した様子でもう一人を見た。

もう一人は金をしこたま詰め込んだ袋を支店長の手からひったくり、背負う。

「耳を貸すんじゃねえ。とっととずらかるぞ」

「外は至る所に警察がいる。君達は抜け出せないだろうな」

慌てふためく強盗達の前に、ハイエルはゆっくりと歩み出た。

背中に重そうな金の袋を背負った一人は、今になってようやく外がどこもかしこも警官に埋め尽くされていると気付いたようだった。焦《あせ》ってハイエルに銃を向ける。

「それ以上近付くんじゃねえよ！　てめえ、サツか？」

ハイエルは高く上げた手を裏返してみせた。

「緊張するな。武器は何も持っちゃいない」

恐ろしく緊張していたのは藍の方だ。もしあのガキのどちらかが血迷って発砲したりしてみろ。どうなるかなんて考えたくもない。

カウンターの内側に沿って進み、注意深くもう一方の端、ハイエルと二人の犯人が両方見える場所に移る。

「聞けよ。今武器を下ろせばまだ間に合うんだ。まだ誰も怪我をしちゃあいない。投降すれば検察だって刑を軽くしてくれるはずだぞ」

ハイエルの一貫して落ち着いた声にはかなりの説得力があった。

「君達は未成年だろ？　もう三軒も銀行を襲ってるんだ。これでもし誰か傷つけてみろ。成人として審問を受けることになるぞ。ムショでの暮らしが大変だってのはわかってるだろう？　ましてや君達の年頃じゃな。武器を置く方が賢いってわかるよな？」

「るせえよ！」

金を背負った方がハイエルに向けた銃を構え直す。

「待った待った待った待った、サイモン、俺、こいつの言ってることは正しいと思うぜ」

慌ててもう一人が口を開いた。

「黙ってろ！　この馬鹿!!」

サイモンと呼ばれた方が、かっとなって喚き、もう一人を思いきり突き飛ばす。

「おい！　俺を馬鹿って言うなよな！」

もう一人もサイモンを突き飛ばし返したのを見て、ハイエルが藍に目配せした。と同時にハイエルはサイモンの背中に飛びつき、片方の手で力一杯その首を拘束しながら、もう一方の手で銃を押さえつける。

もう一人が慌ててハイエルに銃を向けた時には、藍が飛び出し、そいつに照準を合わせていた。

「動くな、銃を置け！」

サイモンの背は決して高くはない。ハイエルの腕に拘束されると、じきに呼吸ができなくなったようにもがき始めた。

「小僧《こぞう》、銃を置け。人を撃つ度胸なんかないだろう。ましてや相手がお友達じゃな」

ハイエルがサイモンを押さえつけ、自分の盾にする。

もう一人の犯人はこれ以上ないほど慌て、荒い息を吐きながら、ハイエルに照準を合わせるべきなのか、自分を狙《ねら》っている藍を狙うべきなのか、迷うように銃口を彷徨わせていた。

平静な口調で藍が告げる。

「銃を置け、誰かが怪我をする前にだ。言いたいことがあるならなんでも言えよ、聞いてやる」

犯人は、すぐにも窒息《ちっそく》してしまいそうにもがいているサイモンを見て、震えながら銃を床に置いた。

「もう……もういいだろ……あんた、まじにサイモンを絞め殺す気じゃないよな……」

足を伸ばし、藍は床に置かれた銃を蹴る。続けて手錠を取り出し、そいつの手に掛けた。

状況を確認したハイエルがサイモンを押さえつけていた手を緩めると、サイモンは地面に倒れ込んで、両手で喉を庇《かば》うようにしながらぜいぜいと息をする。

ハイエルを睨《ね》めつけた藍は、彼が投げてきた手錠を受け止めて、サイモンに掛けた。

大量の警察官が後処理のために入ってきた直後、アニタが藍に駆け寄ってくる。

「あんたが言ってたとおりよ。角を曲がった路地に奴等の車が停めてあって、前の二件の金が見つかった」

「うん、よかった。幸い誰も怪我もしなかったしね」

眉を顰めて藍は言った。

「あたし昨日も言ったけどさ、調子悪そうだよ。大丈夫？」

藍の腕をアニタが軽く叩く。

「俺、いつかきっとハイエルにショック死させられて、殉職《じゅんしょく》扱いになると思う」

肩を竦めてみせながら、藍はあの少年達が持っていた銃を拾い上げた。

「やっぱりMP7だよ。ただのお子様二人が、こんな大物どこから持ってきたんだか」

「子供相手にでもこの手の武器を手当たり次第売る、なんてルートがあれば可能だろうけど」

そう口にしてアニタは眉間に皺を寄せる。

「たとえそんなルートがあったって、あの二人が買えるようなもんじゃないだろ」

藍は溜め息を吐いた。

「近頃は世の中なんてしっちゃかめっちゃかだからなあ」

「その話は帰ってからにしよ」

そう言って立ち上がり、アニタが銀行の外へと出ていく。

銃を鑑識に渡した藍は、ハイエルに近付き手を突き出した。機嫌の悪さを隠すことなく、ぶっきらぼうに主張する。

「運転は俺が」

無言でキーを投げてきたハイエルとともに、藍は車を停めた場所へと向かった。

「不機嫌そうだな」

車に乗り込むと、ハイエルが窓を開け煙草に火を点ける。見たところ向こうはご機嫌なようだ。

「当たり前だろ！　もしも俺が防弾ベストを投げ捨ててMP7を持ってる犯人の前に飛び出したりしたら？　あんたはきっと何よりも先に俺のことをぶち殺すんだろ？」

きっと睨みつけた先、相変わらずご機嫌なままのハイエルに向かって藍は一気に不平をまくし立てた。

「それなのにどうして俺には許されないわけさ？　あんたがこの手の馬鹿をやらかして死ぬ前に、さっさとあんたを殺してしまって心配の種を取り除くってことが！」

「それは俺がお前のボスだからだ」

珍《めずら》しく微笑を浮かべてハイエルが答える。

「あの二人はただのガキだ。人に向けて撃つ度胸なんかない。突発事故でもない限りは、問題もないはずだ」

「じゃあもし突発事故があったらどうするんだよ？」

再度、藍は容赦なく彼を睨めつけた。

「それは俺が心配することで、お前が心配する問題じゃない」

窓の外を飛び去っていく景色にハイエルが目を向ける。

「何遍も言ってるだろう。必要な時には、お前等は自分のことだけを心配しろと」

反駁《はんばく》しようと藍はすぐさま口を開けたが、結局はまたそのまま噤んだ。

自殺癖があるのはハイエルだと、藍は時々思う。

いつも、命など要らないかのように様々な危険に飛び込んでいく。彼の心理評価書がそもそもどうしてパスしているのかは神のみぞ知る、だ。

そっと溜め息を吐き、短い沈黙ののちに藍は訴えるようにぼやいた。

「あんたがボスだっていっても、少なくとも俺の相棒だろ。他の人に心配をさせないのはまだしも、俺にまであんたの心配をさせない気かよ？」

「お前には自分の背中の方を気をつけさせたいね。そっちが自分で自分を守ってくれるなら、俺はお前のことで気を散らさずに済む」

そう返したハイエルが、緩やかに煙を吐き出す。

「自分の身を危険に晒《さら》すような真似なんか、何一つした覚えは俺にはないね。さっきあのガキの銃口の前に立ちはだかったのは俺じゃないはずだ」

「昨日のことを指摘させたいのか？」

腹を立てた藍が愚痴《ぐち》るのに、ハイエルが笑った。

「それともお前は俺に押し倒されるのが大好きなのか？」

再び藍は彼を睨んだ。昨日のことなど少しも思い出したくない。

「なあ、ラン、あのカウンセラーにお前が予約を入れようとしないのがなぜなのか、その理由を自分でわかってるか？」

首をこちらに傾けたハイエルが、奇妙なほど長い時間藍を見つめてくる。彼を睨めつけたまま、藍は小さく頭を振った。

「それはお前が人の危険に気付くだけで、自分の危険には気付けないからだ」

ハイエルはまた一口煙草を吸う。ゆっくりと吐き出された煙が車内を満たした。

「この手の状況下でお前がするどんな判断も、全部自殺行為なんだよ」

――ハイエルのその言葉は、この会話の後もずっと藍の脳裏にこだましていた。

もっとも、自分の行動のどこが自殺行為と呼ばれているのか藍が心底理解したのは、随分《ずいぶん》後になってのことだ。

片手でビルの五階からぶら下がっている自分に向かって手を伸ばすハイエルの姿を目にしたその瞬間、ようやく藍はそれを悟ったのだった……。

第二章

「ほんとにほんとにほんっとーに、銃は人が送ってきたもんなんだってば。嘘《うそ》なんか吐いてねーよ！」

サイモン・ピットは大声で喚いた。

「おつむを使って自分でも考えてみろよ。誰がご親切にも銃をプレゼントして銀行を襲わせるんだ？　それとも、奪った金はその礼として幾らか分けてやるよってお前がそいつに言って銃を貰ったのか？」

机の上に腰掛けた藍沐恩《ラン・ムーウァン》は、そう言ってにっこり笑う。

「分け前寄越せとは、そいつは言わなかったけど……」

「分け前は要らないって、そんなうまい話があるか？　お前の持ってた銃が一挺幾らするかくらいわかってるんだろ？」

口ごもるサイモンに失笑し、藍は椅子を引くと腰を下ろした。

「俺の言ってることはマジだっての！　こんなうまい話あるわけねえってのは俺だってわかってるよ。けどトミーが、ちょこっと試してみたいなってずーっと言っててさあ。俺もそいつのことは見たけど、やばい感じじゃなかったぜ。俺等に銃を贈ってくれて、どうずらかるかも教えてくれてさあ。銃は貰っちゃってるわけだし……殺しなんかやるつもりはなかったんだ。ただ……ただ、さあ、ちょっと試してみたいなーっていうか？　……GOWみたいに銃をぶっ放してみたいなってだけで……」

頭を抱えてサイモンが机に突っ伏す。

「本当の話なんだってばよう！」

藍は壁の上の鏡に目を向けると、軽く手を広げてみせることで、このお子様からは何も訊き出せなかったよと伝えた。

「嘘なんて言ってないです。まずバンク・オブ・アメリカを、次にウェルズ・ファーゴをやれって言ったのはその人です。けどサイモンが満足しなくて、この近くにチェイス銀行があるって言いだして……」

トミー・ルイスは椅子の上に縮こまった。身長が一九〇センチのダニーが机に寄り掛かって腰掛けているのだ。圧迫感は充分だ。

「だから？　全部サイモンが主犯だってのか？」

こつこつとダニーが机を叩く。

「……いえ。最初は、俺が試してみたいって言ったんで……サイモンは悪くないです。けど、チェイスもやろうって言ったのはあいつで……」

トミーは今にも泣きだしそうだった。

「悪いのはみんな、あの人だよ。銃を送ってきた奴。ちょうど要らなくなったからって、プレゼントしてくれて。どうやって銀行を襲うのかってのまで俺達にレクチャーしてくれたんだ。俺達が下見してみたら、ほんとにあの人が言ったとおりの様子だったし……俺もようやく、ちょっと試してみれるんじゃないかなって気分になって……俺達、誰も傷つけるつもりなんかなかった。ほんとに、GOWみたいにクールな真似してみたかっただけなんだよ……」


両手にコーヒーを持ってアニタが取調べ監督室に入ってきた。一杯をハイエルに手渡す。

「結果は？」

「ありがとう」

受け取ったそれを、ハイエルはそのまま机の上に置いた。

「GOWってなんだ？」

「人気ゲームの略称」

その長い髪を軽くまとめながらアニタが答える。

「戦場の英雄が小隊を率《ひき》いて地底人と戦うってシューティングゲームですよ」

「このガキどもは戦場の英雄になったつもりで、銀行を襲ったってのか？」

顔を顰めたハイエルは左右の取調室に目を走らせたが、アニタは冷笑しただけだった。

「ゲームのせいなわけ、ないじゃないですか。あいつらは単に銃をぶっ放してみたかったってだけよ」

「これ以上ないってくらいの馬鹿だよ、あのお子様は」

取調室を出た藍がぼやきながら監督室に入ってくる。

ダニーが担当している方の部屋に目を向けたまま、ハイエルがそれに応じた。

「しかし、二人の供述は一致している。誰かがあの二人のガキに銃を送って銀行を襲わせたんだ」

「この世のどこにそんな話があるのよ。MP7は一ドルショップじゃ売ってないのよ」

そう吐き捨ててアニタが自分のコーヒーを取り、一口飲む。

「アン、昨日の密売人がどうなってるかちょっと見てきてくれないか。あいつが言ってた例の大口の武器の件をちょっと訊いてみてくれ」

唐突に話題を変えたハイエルに、アニタと藍は彼が言わんとしていることを即座に理解した。

「マジだった可能性があると？」

アニタが尋ねる。

「万一の予防だ」

ちらりと向けられたハイエルの眼差しに頷き、アニタは監督室を出ていった。

「たとえ大口の武器売買が絡んでるとしても、なんのためにあんな子供二人にただでプレゼントする必要が？」

眉間に皺を寄せながらハイエルの傍にあったコーヒーを手にした藍を、ハイエルがじろりと見る。

「理由はわからない。が……、そのコーヒーはアンが淹《い》れたやつだぞ」

うっかり口をつけてしまった藍は、そのまま固まった。舌の上のそれを飲み込むことも吐き出すこともできない。苦さと焦《こ》げ臭《くさ》さと、更には凄まじい甘さまでもが口の中で渾然一体《こんぜんいったい》となっている。

どうにかこうにか飲み下して、藍は幾度か咳《せ》き込んだ。手に持ったそのコーヒーをどこへ持っていくべきかわからず、恨《うら》めしい気分で口を開く。

「なんでさっさと言ってくれないのさ」

「なんで俺がそれを飲んでないと思ってるんだ？」

ハイエルが大笑いしながら藍を見る。

首を突き出してアニタがいないのを確認した藍は、監督室を出て給湯室に行くことに決めた。ついでに好きな茶葉を取り出して淹れた茶で、少しばかり自分を労《ねぎら》ってやる。監督室に戻る時には、ハイエルにも一杯持っていってやった。

ダニーはまだトミー相手に奮戦中だ。こっちはどうやら、もう一人よりはまだ少しはおつむがましらしい。

熱い中国茶に口をつけ、藍はぼやいた。

「信じられる？　こいつら二人とも大学進学を申請してるらしいよ。最後の夏休みはバイトして、その後馬鹿騒ぎしようと思ってたんだってさ。銀行強盗なら一石二鳥《いっせきにちょう》なんだと」

それには答えないまま、ハイエルは取調室のドアを軽くノックして、ダニーに出てくるようにと合図する。

「どう思う？」

中から出てきたダニーをハイエルは見上げた。

「シューティングゲームなんてもんは、一級の禁制品にしちまうべきですね」

顔を顰めてダニーが答える。

「けど、こいつらほんとのこと言ってるって気はするんだよなあ」

「だから、誰かがこの二人に銃をプレゼントして、銀行を襲えと教えたって？」

そう口にして藍は、頭を振ると反論した。

「そりゃ不可解すぎだよ。あいつらに銀行を襲わせる理由は？　サイモンは否定してたけど、終わった後で分け前でも貰うのか？　もし失敗してもリスクを負う必要がないからって？」

「そんなのならピストル二挺で充分だろ。ＭＰ７を二挺も買い込む必要あるのかよ」

わけがわからないとダニーも首を横に振る。

「あるいは武器のテスト中か――……」

そう口を挟み、ハイエルは取調室で途方に暮れているお子様達に目をやると、言葉を続けた。

「それとももっと別な目的があるのか」

「もし武器のテスト中だっていうなら、売り手と買い手が必ずすぐ傍にいる。けどあの二人に試させるってのも、ちょっと間が抜けてないか？　この銃の操作はあんなお子様にも使えるくらい簡単なんですよ、とでも言いたいわけ？」

ハイエルの推測に突っ込みを入れ、藍は困惑の溜め息を漏らす。

「ダニー、武器の出どころが知りたい」

二人の少年を睨んだままハイエルがダニーに声を掛けた。

「あと、この二人の移送の前に、検察官とちょっと話したいんだが」

「了解」

ダニーが頷き、監督室を出ていく。

「まだ助けられるのか？　あの二人」

藍はハイエルを見た。

「試してはみるさ」

そう返してハイエルは藍が淹れてやった茶を一口飲むと、上着を手に取った。

「行くぞ」

その言葉に一瞬で笑顔になった藍は、ハイエルについて目的地へ向かった。

「リディア・マックスが」

藍の机に手を伸ばしたハイエルが藍のキーを掴む。

「助けなきゃならん子供が、もう一人いるだろう」

カップを置いた藍も、彼に続き監督室を出て、一度オフィスへ戻る。

「どこに？」

◇

リディア・マックスがいなくなってから八時間が過ぎている。

藍とハイエルがマックス家に着いた時、当たり前だが歓迎はされなかった。

「ハイエル、この現場はうちの担当だ」

不機嫌な顔のブラウンが二人の前へとやってくる。

「手伝ってやろうかと思っただけだ」

少なくとも誠意はあるつもりらしい笑みをハイエルは浮かべてみせた。

ブラウンが目を細め、しげしげとハイエルを眺める。

「俺が見たところ、手伝いが要りそうなのはそっちなんじゃないのか？」

肩を竦めたハイエルは、世間話のような口調でブラウンを脅《おど》しに掛かった。

「わかってるとは思うが、この件はお前一人のヤマじゃない。俺が朝、お前に譲歩したのは、単にこのクソ忙《いそが》しい最中に騒ぎを引き起こしたくなかったからだ。けどあいにくと、俺は今暇でな。お前を面倒な目に遭わせてやるのは、別に何も難しいことじゃないんだぜ。俺はお前が何を欲してるかわかってるし、お前も俺が何をやりたがってるかはわかってるだろ。お互い、必要なところだけを取る、それでいいんじゃないのか？」

しばらくの間、ブラウンはハイエルを睨んでいた。しかし、ハイエルが幾らトラブルメーカーだからといって、マスコミの真ん前で出世争いなどしてみせるのはまずい。彼の手出しを許して、より面倒なことになる可能性もあるが、それでも事件が解決したならそれは自分の手柄の内だ。もし問題が発生した場合でも、ハイエルがこれまで自分で責任を取らなかったことはない。

ブラウンが考え込んでいたのは、そう長い時間ではなかった。

「容疑車両はまだ追跡中だ。八号線を走り回ってやがる。この五ブロック内で登録されている小児性犯罪者は全部一通り捜査を済ませてるが、今のところ疑わしい奴はいない。やりたいことがあるならやれよ。俺の邪魔さえしなけりゃそれでいい」

軽く頷いて同意を示したハイエルが藍を見る。藍はブラウンに用件を告げた。

「ジェイソン・マックスとちょっと話がしたいんですが」

無駄だよと言いたげにブラウンが手をひらひらさせる。

「うちの班のもんが試したさ。なんにも訊き出せない上に、俺達があの子と話すのはマックス夫人に禁止されちまったぜ。やりたきゃ自分で交渉してみるんだな」

それ以上は二人にかまおうとせず離れていくブラウンに、藍は軽く眉を顰めた。彼等がジェイソンをどんな風に怯《おび》えさせ、遂《つい》には話し掛けることをマックス夫人に禁止されたかは大体想像がつく。

ハイエルの後についてリビングに足を踏み入れた藍は辺りを見回す。見たところブラウン班はまだ犯人に身代金を払う方向で進めているようだった。

ハイエルが適当に捜査官を選んで尋ねる。

「犯人からの電話は？」

声を掛けられた捜査官は頭を振った。

「ない。電話、小包、メールに至るまで一切なんにもなしだ」

頷いたハイエルは、この付近の小児性犯罪者の登記リストを分けてもらえるようその捜査官に交渉を始めた。

部屋の中ではマックス氏が苛立った表情でソファに座っていたが、それ以外はマックス夫人の姿もジェイソンの姿も見えない。藍はキッチンを振り向いた。灯りが点いている。

「マックス夫人とちょっと話してくる」

そうハイエルにささやき、藍はキッチンへと向かった。

キッチンにいるのはマックス夫人だけだった。忙しそうにコーヒーの用意をし、キッチンカウンターの上が一杯になるほどの量のサンドウィッチを作りながら、そっと涙を拭っている。

その様子は藍に、自分の養母であるメアリーを思い出させた。

養父のケヴィン・エイムスは警官だ。ある時、ケヴィンと彼の相棒が犯人との銃撃戦の後行方不明になり、連絡が取れなかったことがあった。彼等が犯人に拉致《らち》されたのではという見解を警察側は示し、ケヴィンを案じる同僚が家中に溢れた。

そんな中、メアリーはただひたすらに皆をもてなすために立ち働いていた。それこそ、ケヴィンの同僚達が水を飲みに行くのに席を立つ必要すらないほどに。行き届いたもてなしのためだけに心を砕くことで彼女は彼女自身の気を逸らし、考えが悪い方へ行かないようにして、ケヴィンが帰ってくることを信じようとしていたのだ。

当時十三歳だった自分は、ただ黙って手伝い、メアリーが疲れて倒れてしまわないよう気をつけることしかできなかった。

そして、ケヴィンが傷一つ負わず無事に帰宅した後、メアリーは数日間寝込んだ――……。

マックス夫人を見守りながら小さく溜め息を吐いた藍は、彼女がサンドウィッチを盛った大皿を持ち上げようとしているのに気付き、手伝おうと近寄った。

驚いて飛び上がったマックス夫人が、赤くなった目に上品な笑みを浮かべる。

「ありがとう。何か召し上がります？　それともコーヒーでも？」

「自分でやるので大丈夫ですよ」

穏やかな笑みを返し、彼女を手伝ってサンドウィッチをテーブルまで運んだ後、藍は自分でコーヒーを注いで端に置いた。

「マックス夫人、こんなことになってお気の毒です。我々も力を尽くしますので」

リディアの名と、事件、被害者といった言葉を避け、なるべく誠意に満ちた口調で言う。

拭いても拭いてもすぐに溢れてくる涙を拭い、マックス夫人が無理に微笑んでみせた。

「ありがとう。……今朝はお会いしてないわよね？」

「自分から手伝いに来たので。ジェイソンとは友人なんです」

笑みを浮かべた藍は、身分証を引っ張り出してマックス夫人に見せる。

「エイムス……あなたはエイムス隊長の……」

マックス夫人はケヴィンを思い出したようだった。

「はい、養子です。休日に養父の家にいる時、ジェイソンがいつも新聞と一緒にコーヒーを持ってきてくれて」

笑顔でそう答える。たまに小さなリディアを自転車に乗せて、すごい勢いで道を走っていったジェイソンの姿を藍は覚えていた。

マックス夫人の顔にもふわりと笑みが浮かんだ。

「知ってるわ。じゃあ、あなたがコーヒーのお釣りは要らないって言ってくれる親切な人なのね。

あの子、お小遣いが一杯貯まったのをとても喜んでいて、休みの日になるたびにあなたが帰ってくるのを待ちきれずにいるのよ」

笑って藍は頷く。

「ジェイソンは何度も自転車で走ってきて、俺がいるのを確かめてから俺のコーヒーを買いに行くんです」

「リディアがいつも、自分を乗せていけってジェイソンに騒いだの。エイムスさんはあの子にクッキーをくれたのよ。あの子、エイムスさんのクッキーはすごくおいしいっていつも言っていて……」

マックス夫人の目からまた涙が零れる。彼女は両手で顔を覆い、深く息を吸った。

「……ごめんなさいね」

いいえ、と頭を振って、申し訳ない気分で藍は愛想笑いを浮かべた。彼女が落ち着くのを待って言葉を続ける。

「マックスさん、ジェイソンとちょっと話がしたいんですが」

マックス夫人は少し躊躇い、視線を逸らした。

「……ジェイソンは寝ちゃったわ」

断られても藍は諦めなかった。

「あの子が眠ってないのはご存知でしょう。ジェイソンはリディアがいなくなったことに負い目を感じている。彼には助けが必要なんです。無闇に問い詰めるような真似は俺はしませんから」

なおも躊躇《ちゅうちょ》している様子のマックス夫人を見ながら、それでも言葉を続ける。

「ですが俺は、あの子が確実に何かを見ていると信じてます。ジェイソンは、群を抜いた観察力を持ってる。半年前にこのブロックで起こった連続放火事件は覚えてらっしゃるでしょう？　この街並みを守ったのはあの子の鋭さでした」

マックス夫人の表情が少し和らいだ。勿論忘れるはずがない。

『変な人がいる』そうジェイソンが彼女に言いに来た時、夫人は最初は全く気にも留《と》めていなかった。しかし、自分の言葉を無視されたと子供に思わせないために、様子を見に外に出た瞬間、彼女は理解したのだ。ジェイソンが変だと言ったその人物は立派な不審者で、しかも放火しようとしていたということを。

彼女が即座に家に飛び込んで警察に通報し非常ベルを押したので、その人物は速やかに逮捕された。

だが、彼女はジェイソンのお手柄を新聞に書かせようとはしなかった。彼女の息子にマスコミの好き勝手な脚光を浴びさせたくはなかったのだ。その代わりに彼女は息子を大いに褒め、ご褒《ほう》美《び》も与えていた。

捜査官である藍がこの件について知っているのは当然のことだった。彼女は軽く肩を竦めると、藍を見上げた。

「ついてらして」

マックス夫人に連れられ、藍は二階へ向かった。

階段を上りながらハイエルを目で探し、こっそりと彼に合図を送る。頷いたハイエルは、そのまま小児性犯罪者の登記リストへと視線を戻した。

二階へ上がると、二人の子供達の部屋のドアにはどちらも可愛い手描きのネームプレートが貼ってあった。

マックス夫人が泣きだしそうな表情で微笑み、リディアのネームプレートをそっと撫でる。

「あの子がお兄ちゃんと一緒に描いたの」

ただ慰《なぐさ》めの笑みを浮かべることしかできず、藍はマックス夫人についてジェイソンの部屋のドアまで足を進めた。彼女がそっとドアをノックする。

「ジェイソン？　入るわね」

部屋に入ると、ベッドには誰もいなかった。だが、その傍の床に置かれた小さな子供部屋用のテントの中に、かすかに灯りが瞬《またた》いている。

マックス夫人に目をやった藍は、彼女が頷くのを待ってそのテントに近付いた。しゃがみ込んでそっとその入り口をめくり上げ、中を覗き込む。

「ハロー、ジェイソン」

ジェイソンはテントの中で小さくなっていた。もう少年になろうとしている彼には、このテントは些か小さいようだった。彼を怖がらせないよう、藍は優しく微笑んだ。

「ジェイソン、君のテントは俺が入るには小さすぎるんだ。出てこない？」

少し考え込むようにしてから、ジェイソンはゆっくりと這い出てきた。

藍がマックス夫人を振り向くと、彼女は藍に頷いて部屋を出た。ドアの隙間を少し細めて去っていく。

「リディアを見つけてくれた？」

床に座り、期待を込めた目でジェイソンが藍を見る。

「ごめんね、まだなんだ。でもそのために君の助けが必要なんだよ。俺を手伝って一緒にこの事件を解決してくれる気はある？」

その肩に腕を回し、藍は彼と一緒に床に座った。

「ある！」

力強くジェイソンが頷くのに、褒めるように彼の頭を撫でてやる。

「朝、俺に言ったことを覚えてる？　貯蔵室の怪人のことを」

「うん。彼はあそこに暮らしてるんだ」

立ち上がったジェイソンは、窓辺に行くと手を伸ばして向かいの家を指した。

このブロックに立ち並ぶ家の造りはどれもさして違いがないが、向かいの家はその地下に貯蔵室を持っていた。

小さな換気用の窓が芝生の上に覗き、中は小さな灯りが点っていてかすかに明るい。昼間は気にも留めなかったが、今見るとその通気窓の上に鉄の格子が付けられているのが目に付いた。これはかなり珍しい。

幼かった頃のことを、藍は思い出した。ケヴィンに巡り会う前の藍は、実の母親と、そして母の同居人だったサムという女性と一緒に暮らしていた。

母はいつもサムに、窓に鉄の格子を付けさせようとしていた。そうしないと無用心で、彼女の祖国ではみんなそんな風にしているのだと。ここはこんなに空き巣が多いのに、みんながいまだにドアも窓も開けっ放しで、誰でも入ってこられるようにしているのがなぜなのか、彼女にはさっぱり理解できないようだった。そんな母にただ苦笑して、遠回しに彼女の要求を拒絶していたサムの姿は、まだ藍の記憶の内にある。

ただ、今思い出してみてもサムの姓がなんだったか藍はもう覚えていなかった。彼女のファーストネームが本当はなんだったのかさえも。覚えているのは彼女がサムと呼ばれていたということだけだ。

サムに尋ねたことがある。どうして母の考えどおりに格子を付けないのかを。サムは少し困ったような顔で藍の頭を撫で、こう言ったのだった。

『アメリカは自由の国なの。鉄格子の中に閉じ込められているのは悪い人とどこかいかれてる人だけなのよ』と。

「貯蔵室の怪人はあの中に住んでるんだ。でも今はいないよ」

ジェイソンの言葉に我に返り、藍は彼を振り返った。

「いない？　出掛けるのを見たの？」

「ううん。でも怪人はいつも窓のところにカップを置くんだ。いつもならちょっとは位置が変わってたり片付けられたりするのに、今日はカップがそのままだから。午後にはＦＢＩと、あと警察も来たけど、その後ずっとだもの」

そうジェイソンが答える。

「どうして彼を地下室に閉じ込めてるのか、アレンさんとこのおばあさんに訊いたことがあるんだけど、病気になったんだって言ってたよ。だから閉じ込めておかなきゃならないんだって」

眉を顰めて藍はジェイソンを見た。

「貯蔵室の怪人と話してた人のこと、覚えてる？　その人はいつ頃来たのかな？　白人だった？　黒人だった？」

「三日前が午後の四時ちょっと前。デイキャンプから帰ってきたらその人がドア越しに怪人と話してたんだ。昨日の午後も四時ちょっと前だよ。どっちもちょうど僕がウッドさんちの草むしりを手伝いに行く時だったから」

俯いたジェイソンは、詳しく思い出そうとしているようだった。

「白人じゃなかった……黒人でもない。でも今朝あなたと話してたあの、すごく背の高い捜査官の人に似てたよ」

「黒髪ってこと？　目も黒くて、ちょっと黒っぽい肌をしてるのかな？」

少年の拙《つたな》い説明に苦笑し補足を試みた藍に、ジェイソンが大きく頷く。

「でも、あんなに背は高くなかったよ……、あなたよりもうちょっと小さいくらい」

彼を褒めるように藍は頷いてみせた。

「その人を三日前よりももっと前に見たことはあった？　他にも気付いたことがあったら教えて欲しいんだ。車に乗ってきたとか、どんな服を着てたとかでも」

藍の問いにジェイソンは頭を振って答える。

「他の日に見たことはないよ。ピザの配達員みたいな制服を着て、帽子を被ってた。でも車は見てない。だって、隣りのブロックから歩いてきたんだ」

「了解。頑張ったね。もし君がもう一度その人を見掛けても、大声を上げたりしちゃだめだよ。急いで戻って、どの捜査官にでもいいから教えてくれる？」

真剣な顔で少年を見つめ、藍は言って聞かせた。この子まで危険に晒したくはない。

「うん、わかった」

ジェイソンはそう答えたが、少し躊躇する様子を見せながらも藍に尋ねた。

「そいつがリディアを攫ったの？」

「わからない。でもどんな情報でもリディアを見つける手掛かりになる可能性はあるんだ。だからどんな小さなことでも、全部調べてみないとね」

不安そうなジェイソンの頭を、藍はそっと撫でた。

「じゃ、もうお休み」

「……眠れないんだ」

去ろうとする藍にそう訴えたきり、ジェイソンは黙って俯いてしまう。だが、少しして顔を上げると、無下《むげ》には立ち去れずにいた藍の袖《そで》を掴んだ。

「リディアを見つけてくれるって、約束できる？」

藍は言葉を失った。保証など、何一つできはしない。あの子がまだ生きているかどうかすらわからないというのに。

しかし、ジェイソンの眼差しは最後のよすがでも見つめるかのようで、その希望を断つような言葉を口にすることなど到底無理だった。

どうにか笑顔を取り繕《つくろ》い、今の自分が口にできる精一杯の答えを返す。

「ジェイソン、約束するよ。ベストを尽くすって……」

「あなたがベストを尽くしてくれてるのはわかってる……」

目を瞬《しばたた》かせるジェイソンは、今にも泣きだしそうだった。

「僕は、必ずリディアを連れて帰ってくるってあなたに約束して欲しいんだ！」

その悲痛な声に、なす術《すべ》もなく藍は溜め息を吐いた。この少年の要求を拒めるほど自分は無情になれない。

真面目な顔で藍はジェイソンと向き合い、身体を低くして目線を合わせた。

「わかったよ。約束する。リディアを連れて帰ってくると」

「うん！　信じてるから」

力を込めてジェイソンが頷き、零れ落ちそうだった涙を拭い去って笑みを浮かべる。

彼の頭を再び撫で、藍はそっと微笑んだ。

「よし、じゃ、俺はもう行かなきゃ。君は早く眠って」

ジェイソンがベッドに飛び込んでちゃんと布団を被るのを見届け、笑顔のまま部屋を出る。ドアを閉じようとした時、ジェイソンの声がかすかに聞こえた。

「……ランさん……ありがと……」

藍は笑みを向けてバイバイと手を振り、ドアを閉めた。

ずっとドアの外に立っていたのだろうマックス夫人が、壁に凭《もた》れて涙を拭っていた。リディアがいなくなって以来、彼女の涙は止まった例《ためし》がないはずだ。気力を奮《ふる》い起こした彼女が、救われたかのような表情で藍に感謝を述べた。

「ありがとう」

「お礼を言われることじゃ……」

苦い気持ちになりながらも笑顔で頭を振り、藍はマックス夫人を促して下の階へ向かおうとす

る。

「エイムス捜査官……」

先を歩いていた藍が夫人を振り向くと、口ごもりながら彼女がこちらを見上げていた。

「ランと呼んでください」

穏やかな藍の声に小さく頷いたマックス夫人が、無理矢理にかすかな笑みを浮かべ、ようやく言葉を口にする。

「本当に……感謝してるの……こんなこと、考えたくもないけれど……でも、リディアが、万一……」

言い終わらないうちに彼女はまた顔を覆い、声を殺すこともできずに泣きだした。

やるせない思いを胸に、藍は泣き崩れる彼女の肩を無言でそっと叩いてやる。どんな言葉も、パニックを起こしている母親を慰める役には立たないとわかっていた。

彼女は幾度か深呼吸し、なんとか言葉を続けた。

「……どうあっても……たとえ、あの子に何かが……万が一のことがあっても……どんな形でもかまわないわ。だから、あの子を連れ帰って欲しいの。こんなに、夜遅くなって。あの子、暗いのも寒いのも嫌がるのに……お願い、あの子を助けて」

「……必ず。どんな状況であろうと、あなたのお子さんを連れ戻します。どうか、辛抱してください」

その真摯《しんし》な藍の答えに、また幾度か夫人が深呼吸を繰り返す。

「そうするわ……本当に、ありがとう」

藍は苦笑した。

「俺はまだなんにもしちゃいません。お礼なんて言わないでください」

「少なくともあなたは、約束しようとしてくれたわ。……誰も……誰もリディアを連れ帰ってくれるって、言ってくれないのよ……」

彼女の目に再び涙が滲む。

「あの人達まるで、リディアが帰ってこないって言っているみたい。……気休めでもいいのよ、私はただ、リディアを連れて帰るって、誰かが言ってくれるのを聞きたいの」

堪えきれずまた涙を零し始めたマックス夫人を見て、藍はやりきれない気分になりながらそっと彼女の腕を取った。

「キッチンへ行って、お茶を飲みましょう。ジェイソンを起こしてしまわないようにしないと」

しゃくりあげながら彼女が僅かに頷き、藍に寄り掛かって一階へと下りる。

階段の角を曲がると、ハイエルが壁に凭れて立っていた。

自分に向けられた眼差しを感じ、藍は彼を振り返ったが、返す言葉など出てくるはずもない。

そのままマックス夫人をキッチンへ連れていき、彼女に代わって熱い紅茶を一杯淹れてから、ハイエルとともにマックス家を辞した。

◇

夜風が涼しく爽《さわ》やかだった。

マックス家の前の綺麗《きれい》に整えられた芝生の庭に出ると、藍はハイエルを睨んだ。

「お説教がしたいんならしろよな」

その言葉に対し、ハイエルが形ばかりの笑みを浮かべてみせる。

「お前を叱《しか》るのに時間を浪費する必要があるのか？　約束をしたんなら、その結果も自分で背負い込むんだな」

一旦言葉を切り横目で軽く藍を睨み返すと、ハイエルは更に言葉を続けた。

「というわけで、お前に説教する理由を言ってみろ」

その言い草におかしくなって藍は肩を竦めた。

「そりゃあんたがボスで、いつも人を怒鳴ってばかりで、更にその怒る相手がいつも俺でとくれば、俺だってそんな気にもなるだろ」

ごもっともな言い分にハイエルも笑いだす。

「言うじゃないか、この大馬鹿野郎め」

「どうも。これですっきりしたよ」

笑いながら藍は道を渡り、向かいのアレン家を目指した。

「あの子が言ってたという怪人に会いに行くのか？」

「ああ。この人物には何かある気がする」

後ろからついてきて藍の行動をじっと見守っているハイエルにそう言葉を返し、例の、鉄格子が付けられて開けることができなくなっている換気窓の前にしゃがみ込む。中の様子をよく見てみようと思ったのだ。

窓辺にはジェイソンの言っていたとおり、特大のマグカップが置きっ放しにされている。しかし、内側は薄暗い灯りと長年拭かれたことのない窓のせいでぼんやりと霞《かす》んでしまい、更には死角だらけで、何もはっきりとは見通せない。

藍は諦めて立ち上がるしかなかった。

両開き式のその窓に目をやった後で藍を振り向いたハイエルが、クイズでもするような口調で藍に問う。

「貯蔵室に閉じ込められているのに、誰の気にも留められないってのは、どんな人間だ？」

「昔、ある人が俺に言ったことがあるよ。鉄格子の中に閉じ込められてるのは悪人か、どっかいかれてる奴だけだってね。悪人は監獄にいるべきだってのに基《もと》づけば、こっちは多分いかれてる方だろ」

そう答えてから藍は少し考え、再度肩を竦めてみせた。

「けど世間には病院ってものもある。いかれてるからって家の中に適当に閉じ込めておけばいいって話じゃないだろ。もしも虐待《ぎゃくたい》だったら、誰も通報してこないってのも変だよ。てことで恐らく、見た目はほぼ正常で、でも確かに病人ですってタイプだね」

頷いたハイエルが、手にしていたこの近所に住む小児性犯罪者のリストを持ち上げてみせる。

彼が何を言いたいのか察し、藍は溜め息を吐いた。

「俺もそう思うよ。こんな住宅街でそういう人物を外に出したら、他人を傷つける恐れがあるし、逆に本人が傷つけられる恐れもある……けど、それは閉じ込めておけば解決するってことじゃないだろ」

「ま、閉じ込めておくべきか否かはともかくとして、アリバイはあるな。リディア・マックスの失踪時、彼はずっと貯蔵室の中にいたわけだ」

「この窓からじゃ中はなんにも見えやしないよ。事件当時に彼が本当にこの中にいたかどうかは誰も証明できない」

眉間に皺を寄せ足元のその窓を見る藍に、ハイエルは特大のマグカップを指差してみせる。

「あの疑わしいキャンピングカーの目撃者は、この中の人物が窓辺にカップを置くところもちょうど同時刻に見ている」

「それは根拠にするには弱すぎだよ。別人の偽装かも知れないだろ？」

藍はそのアリバイを信じようという気にはあまりなれなかった。

「ブラウンの班の人間が貯蔵室の人物に話を訊きに行ってる。本人に間違いない。彼は何も見ていないし、出掛けてもいないと言っていた。それに、この錠前は相当に頑丈そうだな」

地下貯蔵室の壁沿いに歩いてみていたハイエルが、貯蔵室の入り口の方を指差す。

貯蔵室は半地下にあるので、入り口となるドアは壁面を深く窪《くぼ》ませてその中に設けられていた。建物にめり込むように芝生から下っていく何段かの階段の奥では、地下室へのドアを封じている巨大な錠前が月光を辛うじて受けて遠目にもきらきらと輝いている。

「この錠前セットって、チェーンだけがちょっと新しくないか？」

錠前をしばらく眺めた後ハイエルの方を振り向いて疑問を投じた藍を、ハイエルは面白そうに見やった。

「錆《さ》びたんで新しいのと換えたのかも知れないぞ。お前は彼と今逃げまわっている奴が仲間だと思ってるのか？」

「わからない。ただ、何か関係ある気がするんだ」

真面目に答える藍に、ハイエルは重ねて問い掛けた。

「もうアリバイがあってもか？」

「もし彼に共犯がいたなら、アリバイは簡単に作れるよ。証明できるのは、リディアを連れていったのが彼じゃないってことだけだ。彼が指示しなかったとは限らない」

頑《かたく》なに拘《こだわ》り続ける藍をハイエルは見つめる。

暗闇の中、互いを照らすのは新月に近付いた弱々しい月の光だけだ。それでもハイエルには藍が何を考えているのか、その顔を見るまでもなくはっきりと理解できた。

「あの子供は、こいつが誰かと話しているのを見たと言っていたんだったな。いつ見たんだ？」

「午後四時前後だ」

相手の考えていることがわかるのは、藍も同じだった。数年間に亘《わた》ってハイエルの下で仕事をするうちに培《つちか》われたコンビネーションというやつだ。藍はいつも即座にハイエルの次の動作を読むことができた。

それと同様に、今のハイエルが何を考えているのかもわかる。

「ここは住宅街だよ。そんな時間帯の路上にいるのはスクールバスを待ってる母親と子供くらいさ。他にも気付いた人がいたはずだ」

「じゃあ、どうして他には目撃者がいないんだ？」

見たところ、まだハイエルは辛抱強く藍との問答を続ける気のようだった。

「それはね、そいつが宅配ピザの制服を着てたからさ」

彼の珍しい機嫌の良さを、藍もありがたく享受《きょうじゅ》する。

「ほう。もしかしたらそいつはピザを届けに来たんじゃないのか？」

笑いを堪えているハイエルに、些かやけくそで藍は不満をぶつけた。

「ああそうとも……そんな気がするだけだってのは認めるさ。あんただって直感に基づいて仕事してるだろ。なんで俺は理由を言わなきゃならないんだよ。そっちはしょっちゅう、理由なんか言わないままさっさと動きだしてるくせに」

「それはそいつが〝俺の〟直感であって、お前のじゃないからだ」

藍を軽く一睨みしてそう答えたハイエルが、アレン家の玄関へ向けて歩きだす。

「ま、お前の直感はすぐに自分で証明できるぞ。ただし、この家のご夫人は非常に手ごわいらしいがな」

珍しく続けざまにハイエルから一本取った藍は、笑いながら先に行ってポーチへの階段を上がり、ドアベルを押した。夜遅くではあるが、大人が眠る時間にはまだなっていない。

少ししてドアの上の覗き窓が開かれたのに、笑みを浮かべて身分証を示す。

ドアを開けたのは一人の老婦人だった。

「ええと……まだ何かあったのかしら？」

「アレン夫人ですか？」

些か躊躇いながら藍は尋ねた。この老婦人の年齢では、藍が会いたいと思っている相手とは差があり過ぎる。

「それは私の娘よ。何か御用？」

「私達は……」

老婦人の訝《いぶか》しげな答えを受け、藍はさっきハイエルから受け取ったリストに目を走らせた。

「……トビー、トビーさんとちょっと話をしたいんですが」

「でも……午後にもうあなた方のどなたかがあの子と話したんじゃなかった？　トビーはずっと中にいたのよ。鍵はあの子の母親が持っているの。あの子は外には出られないわ」

かなり用心深い口調で答える老婦人に、穏やかに説明する。

「わかってます。何か見なかったかを、もう一度彼に少し訊きたいだけなんですよ。どうか俺達にリディアを取り戻させてください。あなたも覚えてらっしゃるでしょう、あの可愛い女の子を」

老婦人の沈黙は思ったよりも短かった。

「……わかったわ。娘を呼んできます」

閉ざされたドアの向こう、老婦人のゆっくりとした足音が遠ざかるのを聞きながら、藍は溜め息を吐いた。

「アレン夫人は母親と子供と一緒に住んでるわけ？」

「夫は軍人で、イラクで戦死してる。彼女は引っ越してきて母親と一緒に暮らしてるんだ」

壁に寄り掛かってハイエルが答えた。

家の奥から罵声を伴った荒々しい足音が近付いてくる。

手ごわいというアレン夫人だろうなと藍は思った。

すぐにドアが物凄《ものすご》い勢いで開けられた。全身から酒の臭いをぷんぷんさせ、髪を振り乱してネグリジェを纏ったその女性は、見るからに怒り狂っていた。

「あんた達いったいどうしようってのよ？　この街の女の子が失踪するたびにうちの子を探しにくるわけ⁉」

顔を顰めつつも藍は、穏便な説得を試みる。

「アレン夫人、俺はただ、トビーさんと少し話がしたいだけなんです。もしかしたら彼は何かを見ているかも……」

「あの子はなんにも見ちゃいないっつうのよ！　なんのためにあたしがあの子をあそこに閉じ込めてると思ってんのさ！　こうしておけばあの子が女の子の髪の毛一本にだって触れられやしないからよ！　あたしにあの子を殺させないと、あんたらは安心できないっての？」

ひたすらヒステリックにアレン夫人は喚いた。

「ルーシー……そんなに言わなくたって……」

老婦人が躊躇いがちに彼女に近付こうとする。

「アレン夫人、落ち着いてください。俺はただ……」

「会ってあんた達の好きなように、どうとでもすりゃいいでしょ！　あの子が逃げ出してどんな女の子を殺してたところで、あたしには関係ないわよ！」

こちらの言うことなどまるきり聞いていないアレン夫人は、ポケットから鍵束を取り出したかと思うと藍に投げつけ、そのまま大股《おおまた》で家の奥へと去っていった。

突然こんな真似をされるとは藍も予想だにしていなかったため避けきれず、その鍵束は藍の左頬を掠めて落ちた。当たったところを少し触ってみると、焼け付くような痛みがある。

「ごめんなさい、大丈夫？　薬を持ってくるわ」

老婦人が慌てて走っていってしまう。

「確かに手ごわかったね」

そう苦笑してみせると、ハイエルの手に顎《あご》を捕らえられる。目の前に立った不機嫌そうなハイエルに顔の向きを変えさせられ、その親指が傷の下の辺りを擦ったため、藍は危うく悲鳴を上げそうになった。

傷が痛い上に、ハイエルのせいで息もできなくなる。

突き刺さるような痛みを堪えながら、困惑の中、藍はハイエルの手をそっと払い除《の》けた。

「大丈夫だよ。ほんのかすり傷だ」

消毒用の脱脂綿《だっしめん》と絆創膏《ばんそうこう》を持って、老婦人が大急ぎで戻ってくる。

「ほんとにごめんなさいね。ルーシーもいつもはこんなじゃないのよ……ルーシーは……」

言いよどむ彼女に、それ以上言わなくてもいいですからと告げるように藍は微笑んだ。脱脂綿を受け取り、自分で傷口を消毒する。

「わかってます。あの人はただ呑み過ぎてあんな風になってるだけなんですよね」

その場に立ち尽くした老婦人は、藍が落ち着いた顔で絆創膏の裏紙を剥《は》がしているのを目にすると、救われたようにかすかに溜め息を吐いた。

「坊や、手伝ってあげるわ」

後ろめたげな微笑を浮かべた彼女が絆創膏を受け取り、左頬の傷口にそれを貼ってくれる。

「ルーシーのこと、許してあげてね」

「俺は気にしてませんから。あなたも心配なさらないでください」

そっと彼女の肩を叩いてやり、藍は後ろを振り向いて芝生の上からその鍵束を拾った。

それを受け取ろうと老婦人が手を差し出す。

「私が開けるわ。あなたがこの鍵を一本一本試してたんじゃ時間が掛かるでしょ」

藍とハイエルを連れて彼女は貯蔵室のドアの前へ向かった。

彼女の視力は良くはないようだったが、それでも指で幾本かの鍵を擦るとすぐに目当ての鍵を探し出す。手を伸ばしてチェーンを撫で、錠前を探り当てると鍵を差し込んでそれを外した。

ドアを開けようと彼女が力を振り絞るのを見て、藍は苦笑する。

「俺がやります」

地下貯蔵室のドアを開くと、中は薄暗い灯りが点いているだけであまり見通しが良くない。ちらりとハイエルに目をやり、藍はドアの向こうの狭い階段を下りた。

「トビー・アレンさん。こちらはFBI捜査官です。ちょっとお話を伺《うかが》いたいんですが」

貯蔵室は大して広くはない。二十八平方メートル程度だろう。

中に入ってすぐに藍にはわかった。トビー・アレンはここにはいない。

改めて辺りをぐるっと見回していると、老婦人が叫ぶのが聞こえた。

「トビー。捜査官さんがあなたを探しにみえてるのよ」

彼女が階段に足を踏み出そうとしているのが目に入り、急いで手を振って彼女を制止する。

「下りてこないでください」

ハイエルが顔を覗かせる。藍の表情を見て、探している人物がもう中にはいないことを理解した彼は、ポケットから手袋を取り出して装着し、例のチェーンと錠前をつまみ上げた。老婦人の手を取って彼女を地下室の入り口から少し離れた場所へと連れていく。

「あなたのお名前は？」

「マリア・バートよ」

ハイエルに答えながら、彼女は地下貯蔵室からかすかに漏れている灯りを心配げに見やった。

「バート夫人……」

「マリアと呼んでくださいな」

柔らかな声でマリア老婦人が言う。

「マリアさん。この鍵と錠前は以前からのものですか？」

ハイエルは手の上の二つの品を持ち上げ、彼女がよく見えるようにした。

ポケットを探って眼鏡を取り出したマリアが、それを耳に掛ける。しかし、夜遅いためあまりよく見えないらしい。

彼女は伸ばした指先でそれらの品に触れようとし、ハイエルに制止された。

「触らないでください。これは証拠品なので」

その言葉にぽかんとしたマリアが、静まり返っている地下室に目を向け、急に慌てた様子になる。

「トビー……トビーはどうしちゃったの？」

どうにか穏やかといえるだろう口調でハイエルは答えた。

「彼は大丈夫です。ただここにはいないというだけですから」

「どうして……どうしてそんなことができたの……」

虚《うつ》ろな声でマリアがつぶやく。

「午後に他の捜査官さんが来た時にはまだ、あの子はちゃんと地下にいたのよ……」

しばらくの間、呆然《ぼうぜん》としていた彼女はもう一度目を細めると、錠前とチェーンを仔細《しさい》に眺めた。

「……錠前と鍵は間違いなく以前からのものよ。私、触ればわかるもの。この鎖は……やけにピカピカしてるみたいね。けど、私の目はあまり良くないのよ。こんなに遅い時間だとはっきり見えなくて」

「アレン夫人は見分けられますか？」

彼女の動揺を思いやる素振りもなく尋ねるハイエルに、マリアは申し訳なさそうに首を横に振る。

「ルーシーはお酒を呑んでしまうとなんにもできないわ。……この鍵を開けたことも全然ないのよ。トビーの面倒はいつも私が見ているの」

そんなマリアの様子にハイエルは語気を和らげた。

「娘さんはあなたに暴力を？」

マリアはその言葉に一瞬笑みを浮かべ、切なげに否定する。

「いいえ。ルーシーが私をぶったことはないわ。トビーをぶったこともない。ただお酒で自分の感覚を鈍くしようとするの。そうやって、忘れてしまおうとするだけ。自分があの子を産んだことを」

ハイエルは頷き、そっと彼女の肩を叩いた。

「あなたは先に家の中へ戻っていてください。しばらくここへは近付かないで。もう少ししたら、誰かにここを封鎖《ふうさ》させるので」

しばらく躊躇ってからマリアはようやく後ろを向き、玄関へと足を進めだした。だが、何歩も歩かないうちにまた立ち止まり、ハイエルを振り返る。

「トビーが……リディアちゃんを連れていったの？」

その問いにハイエルは頭を振った。

「まだそうと決めつけることはできません。もしかしたらトビーは閉じ込められているのがいやで、チャンスに乗じて逃げ出しただけかも知れないし。ですが私達は今、彼を容疑者から除外することはできないんです」

頷いたマリアが苦しげな声を出す。

「……申し訳ないわ……私がトビーをちゃんと見ていなかったから……あの子、悪気はないのよ……ただ、自分をコントロールできないだけで……あの子……あの子は、病気なの……」

それに対するハイエルの答えはなかった。

ちょうどその後ろに駆け寄ってきていた藍が穏やかに彼女をなだめる。

「あなたに非はありませんよ。必ず彼を見つけます。それに、もし彼が過《あやま》ちを犯したんだとしても、お孫さんが行くのは刑務所ではなく、適切なカウンセリングを受けさせて社会復帰に力を貸してくれる、そういう場所のはずですから。どうぞ戻って、休んでください。そんなに心配なさらずに」

かすかに頷いたマリアは藍を感謝の眼差しで見て、家の中へと戻るべくゆっくりと玄関に向かって夜の庭を歩いていった。

ハイエルがちらりと藍に目を向ける。

「トビーはさっさと、〝彼の社会復帰に力を貸してくれるノウハウのある場所〟に行っているべきだったな。役立たずの錠前でここに閉じ込められているんじゃなしに」

「それは彼女の過ちじゃないだろ」

背中の曲がったマリアの後ろ姿に目をやりつつ、藍は反論した。

「マリアは娘に逆らえなくて、娘の言うとおりに精一杯孫の面倒を見ることしかできなかっただけだ」

その顔に浮かんだやるせない表情を目にしたハイエルが、言葉を続ける。

「お前の母親もそうだったのか？　酒を呑んでは子供がいることを忘れようとして」

ほんの一瞬無表情になった藍は、だがすぐに笑みを浮かべた。ハイエルを振り向き、世間話でもするような口調で言う。

「メアリーと会ったことがあれば、そんなことは言わないはずだよ。彼女はビールすら呑まないんだから。それにマックス夫人と同じで、いい母親だよ。彼女のクッキーはこの地区中で一番有名なんだ」

ハイエルは藍をしばらく見つめていたが、もう何も言おうとはしなかった。話題を切り替えるように、例の地下貯蔵室に向き直る。

「で？　何か見つけたのか？」

「下りてこられるなら、ちょっと見てくれる？」

先に立って地下への階段を下りた藍に続き、貯蔵室に足を踏み入れたハイエルがさっと辺りを見回した。

中にあるものは哀れなほど少ない。ベッドの他には、机が一つ、何冊かの古本、僅かな生活用品、それ以外には何もない。

「これを見てよ」

取っ手にハンカチを当て、藍が引き出しを開けると、中にはスケッチブックが数冊入っている。手袋の片方を藍に投げて寄越したハイエルが、もう一方を装着してスケッチブックを開いた。描かれているのはどれも、街で遊んでいる子供達の姿だ。ボール遊びをしている男の子、犬と遊ぶ女の子、ベビーカーを押して散歩している母親達まで描かれている。

「実に正常だな。やばそうなものを暗示するところは欠片もない」

何冊かめくってみたが、どれも同じだ。

別の引き出しには何冊かのアルバムが入っていた。まだ若いアレン夫人と一人の女の子の写真だ。アルバムの中のアレン夫人と少女の笑みは眩《まぶ》しく、ついさっき藍の顔に鍵束を投げつけた女性とはまるで別人だった。

「トビー・アレンには姉か妹がいたのか？」

ハイエルが眉を顰める。彼が手にしているリストには、トビーに関する詳細な情報までは載《の》っていない。

「マリアはそんなこと言わなかったよ。戻ってちょっと調べれば詳しい資料が出てくるんじゃないかな？」

室内の捜索を続けていた藍は、ベッドのシーツを剥がした。

トビーの汗の臭いが漂ってくる。きちんとベッドメイクしていても、洗濯の方はざっと数週間はしていないようだ。

マットレスの下に手を突っ込むと、また別のスケッチブックが一冊出てきた。

「ハイエル……」

開いた瞬間、藍はハイエルを呼んだ。

「見てくれ」

思わず溜め息が零れる。そのスケッチブックに描かれているのは、全てリディアだった。前半は街で遊んでいるリディアの様々な姿、だが後半のリディアは一枚一枚色々なタイプの服を身に着けている。まるで、何かの役を演じているかのように。

「後半のリディアは彼が想像したものだと思う」

藍の言葉を聞きながら携帯電話を取り出したハイエルが、素早くボタンを押す。

「レックス・ハイエルだ。至急鑑識を寄越してくれ」

住所を告げ、蒸し暑くて臭う地下室から二人は外に出た。

芝生の上に漂う爽やかな夜の空気を、藍は幾度か深く吸い込む。

「どうやら本当に、俺達が関わるには不適当な事件になってきたみたいだね……」

腕時計にハイエルが目を走らせると、リディアがいなくなってから既に十時間が経過していた。

「アンにはダニーの武器取引の調査を手伝わせよう……」

ハイエルがまだ言い終わらないうちに、マックス家から突然四、五人の捜査官が飛び出してきた。そのまま車に乗り込むと、凄まじいスピードで走り去っていく。

藍は飛び出していき、最後の一台が走りだす前に手を伸ばして運転席の窓を押さえた。

「どうしたんだ？」

「例の容疑車両だ。捕まったのさ、十号線でな」

そう片手間に答えるや否や、その捜査官がアクセルを踏み込んだので、さすがの藍も何歩か後ずさる。

駆け寄ってきたハイエルが形ばかりの笑みを口元に浮かべ、言った。

「賭けてもいいが、その車にあの子は乗っていないぞ」

一瞬ハイエルに目をやり、藍は大きく溜め息を吐いた。認めたくはない。それでも、ハイエルの答えはいつも正解なのだ。

第三章

ハイエルが取調室に向かうと、まだ部屋に近付きもしないうちからブラウンが邪魔をしにやってきた。

「うちのもんが取調べ中だ」

「見せてもらえりゃそれでいいさ。取調べに首を突っ込むつもりはない」

肩を竦めてみせたハイエルに頷いたブラウンは、監督室のドアを開けてハイエルと一緒に足を踏み入れた。

『俺はただ雇われただけなんだって……俺に金くれた奴がルートを指示したから、そのとおりに車を走らせたんだよ……』

二十歳《はたち》程度のアフリカ系アメリカ人の青年が、やや慌てた口調で釈明している。

『てめえはちっちゃな女の子が好きなんだろ？　あんな可愛い女の子が道にいて、誰の目もなきゃなあ？　キャンディか仔犬でもチラッと見せびらかしゃ、あの子を車に連れ込むなんざ朝飯前だよな、ええ？』

『俺はロリコンじゃないっての！　女の子なんか攫ってねえよ！　もう何遍も言ってるだろ、俺はただそいつに頼まれてあの車を運転してただけで、車の中には女の子なんか乗っちゃいなかったって！』

『てめえも脳みそはあるんだよなあ？　その車が盗んだもんかも知れねえとは思わなかったのか？』

『……そいつ、俺に一〇〇ドルもくれたんだぜ……俺はちょっと小遣い稼ぎがしたかっただけでさ。そんな女の子なんかマジに知らねえんだって』

「お前、あの車がおとりだってわかってたのか？」

取調室を睨みながら、ブラウンが口を開く。

「そいつは俺に訊いてるのか？　犯人におちょくられたな」

冷笑したハイエルは、そう言いながら身を翻し、監督室を離れた。

出ていくハイエルの後ろ姿をブラウンは険《けわ》しい眼差しで見送ったが、ハイエルの言う『犯人におちょくられた』相手が自分達捜査官のことなのか、それとも運転手の青年を指しているのかは判然としなかった。

しかし、ブラウンにもこれだけは断言できる。せっかく捕まえたこの犯人はなんの役にも立たない、と。

監督室を出た時には、ハイエルはもうそんな青年のことなど忘れていた。脳裏を占めていたのは、どうやってトビー・アレンは貯蔵室を出たのかということだ。

ブラウンの班の捜査官がトビーに話を訊きに行ったのは午後三時半。その時、まだ彼はいた。だが、ハイエルと藍が訪ねていった夜の九時半には、その姿は既になかった。

六時間。彼がもし逃げたのなら、でき得る限り遠くへ行っているだろう。

自分のオフィスにハイエルが戻ると、トビー・アレンに関する資料は既に机の上に届けられていた。

十三歳になってすぐに、数度に亘る露出行為と女児への猥褻《わいせつ》行為の記録がある。十七歳で、女児への数回のレイプ未遂により検察の手で成人としての審判を受けさせられたのちに収監。刑期は十八年だったが、受刑態度良好につき、三年前、収監期間が十二年目に入った時に仮出獄している。

記録上では母親と同居し、三十二歳になる現在までの三年間に問題行為はない。

資料を前に考えを整理していたハイエルは、アニタが外から戻ってきたのに気付いて資料を閉じた。

「お手伝いしてさしあげようかと」

机の前に立ったアニタが腕組みをしてハイエルを見下ろす。

「犯人をぶっ殺すのか？」

そう皮肉を言ってアニタを一瞥したハイエルに、アニタが目を剥いてみせた。

「あたしはただ犯人を目にした時に、ちょっと理性が飛ぶってだけです。捜査段階ならなんの問題もないはずじゃないですか。ランが手伝って欲しがってましたよ」

「君のパートナーだって忙しいんだろ」

はぐらかすようにハイエルは笑った。

「この事件は俺とランとでやれる」

「……いいですけどね。あなた最近、ちょっと変ですよ？」

ハイエルの机に腰掛けたアニタが、目を細めて机の主を見据える。

「この何ヶ月か、ろくに呑みに行ってないじゃないですか」

過去数年間の、少なくとも大人になったアニタがハイエルと再会して以来の彼の習慣――毎週金曜の夜にはバーで酒を呑んでお相手を探す――を彼女は知っている。

ハイエルがそもそもバイセクシュアルだということや、女性を相手にしようとは思っていないこと、少なくとも妻が死んで以降は女性とは関係を持っていないことまでは知らなかったが。

「君はいつから俺のセックスライフに関心を持つようになったんだ？」

おせっかいを咎《とが》めるようにハイエルが眉を吊り上げる。

「あなたのランへの接し方が型通りのものじゃなくなって以来ですよ。あれは確か……」

少しばかり考え込む素振りを見せたアニタが微笑んだ。

「ランがカウンセラーを変えた時からですね」

「……」

「以前はランの心理評価のことなんか気にしなかったのに。ランのあの男前でフレンドリーないお友達、彼がランのカウンセラーになった後ですよ。あなたの反応がちょっと妙になったのは」

「君の観察力がこんなに鋭かったとはね。どうして仕事では役に立たないのやら」

肝心《かんじん》な問いには答えず、ハイエルはわざとらしく苦笑する。

「アン、俺のことに干渉するな」

「しませんよ……」

やれやれという口調で答え、アニタは手を伸ばすとハイエルの手を握った。

「ハイエル。ランはあたしのただ一人の大好きな友人なんですよ。ついでにあなたは、あたしが唯一信頼してる相手です。ぶち壊さないでくださいね」

「信頼してると言うんなら、そんなことを考えるな。何もあるはずがないだろう」

自分の手を握り返すハイエルをじっと見つめたアニタが、最後には降参したように溜め息を吐いて話題を変える。

「はいはい、けどダニーが今あたしの手を必要としてないんで、ちょっと暇なんです。なのであたしもこの事件の捜査に加えてもらっていいですか？」

彼女の手をハイエルは離した。

「自分を抑えて容疑者を殴らずにいられるんならな」

「交渉成立ですね」

笑みを浮かべたアニタが自分のジャケットとキーを手に取る。

「現場に行きますか？　鑑識はあの貯蔵室を空っぽにしてますが」

資料を掴み立ち上がったハイエルは、彼女に手を差し出した。

「俺が運転する」

「この仕切り魔」

笑ってキーを投げてきたアニタに、ハイエルもからかうような笑みを向ける。

「俺はただ無事に現場に着きたいだけだ」

「ちょっと！　あたしの運転は実に穏やかですよ」

愚痴るアニタをハイエルは睨んだ。

「そうなのか？　じゃあ政界にいる君の父上が握り潰《つぶ》させた十二件の違反切符と告訴はなんなんだ？　スピードオーバー、逆走、消火栓にぶつかって壊したのは誰だったかな？」

「あなた、うちに監視カメラでも付けてるんですか？」

アニタが顔を顰めて舌を出す。

「あれはうちの父親が過保護だってことでいいじゃないですか。違反切符があたしの手にあったらちゃんと支払いますよ。告訴されたとしてもちゃんと責任を負います。けどそれが愛娘《まなむすめ》のためにしてやれる唯一の父親らしいことだっていうんなら、あたしは止められません。悪いですけど」

「暇があるなら家に帰って父上に会ってやれ」

ともにエレベーターに乗り込んだハイエルを、アニタは興味深げに一瞥した。

「どうしたんです？　うちの父があなたを昇進させるとでも言ったんですか？　あなたがあたしに帰宅を勧めるなんて？」

「君の兄上が俺を訪ねてきたんだ」

「なるほど。昔の同僚は拒絶できませんね……」

肩を竦めたハイエルがあっさりと白状するのに、アニタが納得して頷く。

「あたしが実家を出たのは過去を忘れたいからですよ。家に帰らないのは、あたしの顔を見たが最後、確実に母が三分以内に泣きだすからです。あれから九年経っても少しも変わらない。あの人はあたしを見ただけで、すぐにあの恐ろしい事件を思い出すんです。あたしも母が泣いてるのを見ると、あの事件の記憶がフラッシュバックする。わざわざそんな真似する必要があるとでも？」

議員である父親への脅迫材料としてかつて誘拐されたアニタは、救出されるまでの三ヶ月間に亘って犯人から凄惨《せいさん》極まりないレイプを受けていた。更に彼女の母親も愛娘の遭遇した悲劇に打ちのめされ、生還したアニタとまともに顔を合わせることすらできなくなってしまったのだ。

家族の元での療養が、母娘双方の心の傷を悪化させる結果にしかならないと悟ったアニタはたまりかね、自分を可哀想な被害者扱いしない環境と平穏を求めて家を離れた。兄のかつての親友であり、親の代から家族ぐるみの付き合いがあったハイエルを頼って。

そしてその事件は、抵抗もできない幼女を踏みにじる性犯罪者を叩きのめさずにいられない、というトラウマを今なお彼女に残している。

忌《い》まわしい記憶を振り払うようにアニタは苦笑した。

「次にうちの兄があなたを訪ねてきたら、あたしを家に帰らせる方法なんて二度と考えるなとでも言ってやってくださいよ」

「俺はただ彼の希望を伝えるだけだ」

アニタのリクエストに笑って答えながらエレベーターを降りたハイエルが、先に立って車に乗り込む。

「それはともかく、すっごく気になるんですが」

ハイエルに続いて乗り込んだアニタは興味津々《きょうみしんしん》にハイエルを見た。

「あたしの心理評価が不合格なことにはさっさとけりをつけちゃうくせに、どうしてランの分はそうできないんです？」

感情の読み取れない目で彼女を見つめ返したハイエルが淡々と言う。

「そんな風に、俺のことに干渉するな。俺も君のことには干渉しない。ＯＫ？」

「……いいですよ。交渉成立です」

頑《かたく》なハイエルにアニタはウインクしてみせ、それきり二人は無言でアレン家の現場まで車を走らせた。

◇

鑑識が撤収した後、誰もいない貯蔵室に佇《たたず》みながら藍沐恩《ラン・ムーウァン》は、そもそもトビー・アレンはどうやってここを出ていったのかと考えていた。

大して広くもないこの部屋の中には、ただ何冊かの本があるだけで、パソコンもない。スケッチブック以外は何もないここで、トビーはどんな生活をしていたのだろう?

ようやく刑務所から出てきた途端に、今度は自分の母親にここへ閉じ込められることになった気分はどんなものだったのか?

トビーのようなタイプの犯罪者が刑務所で受ける待遇というのは想像に難《かた》くないが、もしかすると刑務所での刑期を耐えるのも、こんな場所に閉じ込められる日々も、彼にとっては大したことではなかったのかも知れない。

トビーが最も耐え難かったこと、それは天真爛漫《てんしんらんまん》な愛らしい子供の姿をその目に映せなかったということだ。

一人の少女、彼女を手に入れたいという強い願い。それが、この狭い空間から出るためのあらゆる手を彼に尽くさせた原動力だ。

トビー・アレンになったつもりで藍は考えた。窓の前に立って外を見る。蒸し暑い部屋の中、その窓はいつも曇ってしまうので、藍は絶えず手で水滴を拭うしかない。

トビーは何を見たんだ？

更に藍は考える。勿論トビーはリディア・マックスのことをその目に映したのだ。

この角度と方向で見える相手は、マックス家の人間だけだ。

毎日、小さなリディアが成長していくのを、芝生の上で遊ぶのを、ジェイソンがその手を引っ張って走るのを、おんぶして街を駆け抜けるのを、トビーは見ていた。ここを出ていき、その手でリディアを抱き締めてみたいと強く願っていたのだ。

考え込んでいた藍の耳に、不意に軽快な音楽が聞こえてきた。たくさんの子供達が走ってきて、道端で何かを待っている。窓からは、その大勢の子供達の姿がはっきりと見えた。

なんなんだ？

些か呆気に取られながら藍が見ていると、一台のバンがその軽快な音楽とともにゆっくりと走ってきた。そして貯蔵室の外の通りに停車し、貯蔵室の窓からの視界を丸々塞《ふさ》いでしまう。

ありとあらゆる子供達が蜂《はち》のように群れをなして通りに飛び出してきていたようだが、藍の目に映るのはそのバンだけで、子供の姿は一人として見えない。絶え間なく上がる子供達の声だけが聞こえている。

バンには、嬉しそうに飛び跳ねている仔牛が描かれていた。その横には色とりどりの風船と、アイスクリームの絵。

その場でしばらく唖然《あぜん》としていた藍は、不意に我に返ると腕時計を見た。ちょうど午後四時を示している。

即座に身を翻し貯蔵室から飛び出した藍は、芝生を駆け抜けてその車の、貯蔵室に面していないもう一方の側面へと回った。

子供達は全員そちら側に立ち、眸《ひとみ》を輝かせてその車を見上げ、大人は皆、自分の子供を微笑ましげに見守っている。

――それはアイスクリーム屋のバンだった。

藍はバンの中でアイスクリームを売っている老人に飛びつき、身分証を示した。

「あなたは毎日この時間に来るんですか？」

突然の出来事に少々ぽかんとしながらも、老人はアイスクリームを盛りつけるその手を止めようとはしない。

「ああ。俺が来るのは毎日この時間さ」

「いつもここに車を停めて？」

藍は質問を続けた。

老人が小さく頷き、無愛想に答える。

「ああ。二十年商売をしてるが、毎日いつもここに、この位置に停めるよ。FBIは今じゃ駐車場管理までするのかい？」

老人の揶揄《やゆ》にはかまわず、藍は走って通りを横切り向かいのマックス家を目指した。マックス家の芝生からアレン家を見ると、バンが完全に視界を遮っている。

藍は更にマックス家の隣りの家に走った。壁の窪みの中に設けられた貯蔵室のドアは、アレン家の居住部分と貯蔵室の壁に完全に埋もれて見えなくなっている。もう一方の隣家から見ても同じことだろう。

もしこのアイスクリーム屋のバンが毎日この時間にこの位置に停まるなら、例の何者かがこの機に乗じてチェーンを切断してトビーを外に出し、ドアをもう一度封鎖することも可能だ。

おまけに、誰にも気付かれることがない。

どの大人も皆自分の子供に目を向けていて、子供はアイスクリームだけに注目している。他人の家の貯蔵室など誰も気にするはずがなかった。

この事件は決してそんなに単純な話ではない、そう藍は思った。

思いつくのは簡単でも、実行する上でのリスクは恐ろしく大きい。これをやるには相当な度胸と計画性が要る。

トビーにそんな頭があるのか？　子供を誘拐するに当たって、そんな緻密《ちみつ》な計画性が彼にあったのだろうか。あるいはなんらかの手段を用いて、共犯者と連絡を取り、手伝ってもらった？

呆然として藍はその場に立ち尽くした。老人がアイスクリームを売っているのに目をやり、時計に視線を落とす。四時五分だ。

マックス家に駆け込んだ藍は若い捜査官を捉まえて、無線をひったくった。そしてもう一人の捜査官に向かって告げる。

「監視を手伝ってくれ。アイスクリーム屋がいなくなる時間を俺に教えるんだ」

若い捜査官は一瞬動揺を見せながらも頷き、向かいに停まったアイスクリーム屋のバンを緊張した面持ちで睨んだ。

藍は貯蔵室の前へと駆け戻り、時計を見た。四時七分だ。バンが到着してから七分。チェーンを切ってトビーを逃すのに掛かる時間と、差はそんなにないだろう。

貯蔵室の前から辺りを見回す。ここから出たトビーがこの人目のある通りへ向かって走りだすのはさすがに無理がある。なら……。

一本後ろの通りを目指し、アレン家の母屋の裏側へと藍は走った。敷地の境界の植え込みを飛び越えた後、アレン家と背中合わせに位置する家の表通りへ向かう。

だが、庭で水を撒いていた若い女性が突然の侵入者に驚き悲鳴を上げたので、慌てて身分証を提示した。

「FBI捜査官です。落ち着いてください。大丈夫ですから」

さっと左右を見回す。この家には住人がいるが、右隣りの家は静まり返っていた。すぐにその女性に確認を取る。

「隣りに住人は？」

ホースを片付けながら女性がかすかに頷いた。

「いるわ……けど、ダルシーさんはもう七十歳よ。お嬢さんが週に一回会いに来る時以外は、あの人外出しないの」

「ありがとう」

そう言うと、今来た道を藍は戻った。

植え込みのところからダルシー家の裏庭の様子を見ると、その家の後ろにはもう一本細い道が通っている。と、同時に、地面に足跡が残っているのにも気付き、藍は低く罵声を発した。どうやら鑑識にもう一度見に来てもらわねばならないらしい。

藍はダルシー氏の家の前を通ってその小道の出口へと回り込み、今見た場所を反対側からもう一度見てみた。ちょうどそこへ無線が入る。

『エイムス捜査官、アイスクリーム屋のバンが移動しました』

やや息を切らした藍は、額《ひたい》の汗を拭うと無線を手にした。

「ありがとう。あと、鑑識を至急もう一度呼び戻してくれる？」

『了解しました』

藍は溜め息を吐いた。

さっき隣りの家の女性と話していた時間と、今ダルシー家の前からここまで来るのに掛かった時間を除けば、それはアイスクリーム屋の登場に乗じたトビーが脱出に費やした時間とイコールで結ばれる。

誰かがトビーの脱出を手伝い、貯蔵室のドアも封鎖する。いや、もしかしたらトビーが自分の手でチェーンを装着したのかも知れない。その後アイスクリーム屋のバンの後ろに隠れてアレン家の裏庭へ走り、植え込みを跨《また》ぐ。ダルシー氏の家の後ろを抜けるルートを取れば、水を撒いていたあの奥さんに出くわさずに、藍が今立っているこの場所まで来ることができる。

通りに向かって藍は足を踏み出した。間にダルシー家を挟んだこの小道から駆け出してきたなら、あの女性もトビーに気付かないかも知れない。そして……もしダルシー家の前に逃走用の車が停めてあったなら、トビーはスムーズにこの場を立ち去れたはずだ。

その場に足を止め、トビーの行動を脳内でトレースする。通りに佇み、それからもう一度、ダルシー家の敷地に沿った小道を辿ってさっきの場所へ向かう。

その時、やや伸びた雑草の間に白っぽい何かが見えるのにふと気付き、藍は手袋を装着するとしゃがんでそれを拾い上げた。

「……LANカードだ……」

手の上のLANカードを目を細めて藍は見つめた。もしこれがトビーの落としたものならば、彼がノートパソコンを持っていたということが肯定される。

立ち上がった藍は、興味深げにずっとこちらを見ていた先程の女性に近付くと、和やかに微笑んでみせた。

「お名前は？」

「ロイよ」

年若いロイ夫人は藍に軽く会釈をした。

「あなたはマックスさんちのリディアの件で来てるの？」

「そうです。さっきは驚かせてしまってすみません。お尋ねしたいんですが、俺がさっき立っていた場所から昨日誰かが駆け出してくるのを見ませんでしたか？」

ダルシー家の母屋の向こう、小道の出口を指差してみせる。

「いいえ。昨日はうちの娘が熱を出して、午後はずっと付き添っていたから」

「あなたにもお嬢さんが？」

「ええ。六歳なの。リディアより二ヶ月下なのよ」

そう答え、ロイ夫人が溜め息を吐く。

「マックス夫人の今のお気持ち、同じ母親としては到底考えたくないわ」

慰めるように藍は笑みを浮かべた。

「でしたらどうか彼女を支えてあげてください。あと、お伺いしたいんですが、ここに昨日車が停まっていませんでしたか？　それか、何か特別なことがあったりとかは？」

夫人が少しの間考え込む素振りを見せる。

「ええと……特別なことは何も。あ……、昨日の午後、ダルシーさんの車が出てったことくらいかしら。彼のお嬢さん、一昨日訪ねてみえたばかりだったのにまたいらっしゃったのかしらって、ちょっと変な気がしたのよ。でも私、娘を医者に連れていくのにばたばたしてたから、あまり気にはしなかったんだけど」

「ダルシーさんのお嬢さんはいつも彼の車を運転するんですか？」

そう尋ねながら藍は、ふと思いついた可能性を確かめるべくダルシー家の車庫へと向かった。車庫の入り口は閉じているが、このタイプなら赤外線リモコン一つで開けられるはずだ。

「娘さんは毎週一回来て、その時には必ずお父さんの車をちょっと動かしてるわ。スーパーに食べ物や何か買いに行ったりね」

ついてきたロイ夫人が答えるのに軽く頷きながら、藍はダルシー家のドアベルを押した。

「ダルシーさん？　ＦＢＩです。ちょっとお尋ねしたいことがあるんですが」

「あ、十分くらい待ってさしあげて。ダルシーさんはゆっくりしか動けないの」

ロイ夫人の親切な補足に、微笑を返す。

「ありがとう」

十数分経って、ようやくダルシー氏がドアを開けた。杖《つえ》をついた足取りはのろのろとしていて、補聴器も着けている。

「どうしました？」

「ＦＢＩです。車庫を開けて欲しいんですが」

言いながら藍はさっと身分証を示した。

「車庫を？　私の車がどうか？」

ダルシー氏が怪訝《けげん》そうに車庫へと目を向ける。

「あなたの車が盗まれたのではないかと思うんです。入り口を開けてみてもらえますか？」

スローテンポなダルシー氏に、辛抱強く藍は答えた。

「盗まれた？」

ダルシー氏の声が跳ね上がる。どうにか事態が把握できたらしい。しかし、家の中へ戻ろうとするその足取りはやはりのろのろしていた。

「鍵をちょっと探してみよう……娘が、確か……冷蔵庫の傍に置いたような……」

それなりに焦ってはいるらしいが、どこまでもゆっくりしているダルシー氏に藍が頭を抱えた時、幸いにも無線が入った。

『エイムス捜査官、鑑識が戻りました……今どこにいる？』

不自然な沈黙ののち、聞こえてきたのはハイエルの声だ。突如無線をひったくられたのだろう例の若い捜査官に、藍はやや同情した。

「アレン家の裏のダルシー家にいる。手掛かりが見つかったかも知れないんだ。ちょっと見に来てくれ」

数分後にやってきたのはハイエルとそしてアニタだ。藍は彼等を手招きした。

「ここだよ」

自分の直感についてハイエルとアニタに説明する。そうこうしているうちに、ダルシー氏がゆっくりと家から出てきた。

そして震える手で三、四回リモコンのスイッチを押すと、やっと車庫の入り口が開き始める。その作動具合を見るに、この車庫の電動ドアはダルシー氏と同じくらいに年季が入っていそうだった。

藍は入り口が開ききるのを待たずにしゃがみ込み、地面に這いつくばって中を覗く。案の定、車の姿はなかった。起き上がって、身体に付いたごみを払う。

「ダルシーさん。あなたの車は盗まれてます。車の特徴を絵に描くことはできますか？」

「盗まれた？　なんで盗まれるはずがあるんだね？　あんな古い車が……」

信じられなさそうな顔つきのダルシー氏が杖をついて車庫の前へと移動する。入り口が開ききるのを待っていたダルシー氏は、事態がはっきりしたのを受けてぽかんと口を開いた。

「車……車が……私の車が……」

あまりのスローテンポさに藍が溜め息を漏らす横で、ハイエルに目配せされたアニタが駆け寄ってダルシー氏を支える。

「ダルシーさん。まずは家に入りましょう。お嬢さんの連絡先を教えていただけますか？」

ダルシー氏は頷き、アニタに支えられて家に入っていった。

空っぽの車庫を前に、ハイエルが藍の推理を代弁する。

「トビー・アレンがここに来て車を盗み、リディア・マックスを連れていった、お前はそう思うんだな？」

「共犯者がいたと思う。はっきり言えるのはそいつが貯蔵室を開けてトビーを出してやり、リディアを連れてきてやったってことだ。もしかしたら車を盗むのにも、リディアを連れ去るのにも手を貸していたかも」

「その共犯者とやらはどこから来たんだ？　ムショでの友達か？　どうやってトビーとそいつが連絡を取り合ったと思うんだ？」

藍の答えにそう返しながら煙草に火を点けるハイエルに、手袋に包んでおいたさっきのＬＡＮカードを藍は取り出してみせた。

「この家の傍で見つけたんだ。ダルシーさんは見たところネットは使ってなさそうだし。もしトビーが落としたんなら、彼の指紋が付いてるはずだ」

その意見にハイエルが頷く。

「ネットか。ならトビーはパソコンを持っていたってことになるな」

「それは……アレン夫人に訊く必要があると思う」

昨夜の彼女の応対を思い出しただけで藍は憂鬱《ゆううつ》な気分になった。だが、それを顔には出さず、鑑識にＬＡＮカードを渡して彼等がダルシー氏の車庫を調べ終えるのを待った。

◇

三度目に呼び鈴を押した時には、藍はかなりいらいらしていた。昨夜ほとんど眠れなかった分の疲労と嫌な気分が、一緒くたになって襲い掛かってきている。

「アレン夫人、ＦＢＩです。ちょっとお話があるんですが」

苛立ち任せに力一杯ノックする。

「俺は昨日お前を家に帰して睡眠を取らせたはずだぞ」

昨日と同じ場所に寄り掛かったハイエルは、明らかに寝不足な顔で珍しく苛ついた様子の藍に、探るような目を向けていた。

「家には帰ったよ」

ただ、眠れなかっただけだ。その一言は無論口にはしなかったが、口にしようがしまいが大して差はない。

何も言おうとしないハイエルにはそれ以上かまわず、藍は再びドンドンとノックをした。

「アレン夫人、我々はちょっとお話ししたいだけなんです。それとも捜査令状が必要ですか？」

アレン夫人に対してはこれっぽっちの好意も持ってはいない。だが、あの親切な老婦人、マリア・バートのことは好きだった。

大きく息を吸い込むことで少し冷静になった藍が辺りを見回すと、隣家の住人達が自分の家の芝生から遠巻きにこちらに注目している。

トビーが犯人であろうがなかろうが、どうやらアレン家の将来は平穏なものではなさそうだ。昨夜からのあの貯蔵室の封鎖に始まり、今日の捜索もアレン家がターゲットになっている。

しばらくしてようやく、非常に申し訳なさそうな顔をしたマリアがドアから出てきた。

「ごめんなさいね……ルーシーは……眠っていて……」

だったら叩き起こしてください！　と、かっとなるあまり反射的に言いたくなったのを藍は抑え込んだ。マリアを相手に苛立ちをぶつけたくはない。

「マリアさん……お嬢さんにちょっとお尋ねしたいことがあるんです」

やるせなげな苦笑をマリアが浮かべる。

「トビーのことなら、私に訊いて。トビーがここに来てからずっと、錠前を買ってその手でトビーを閉じ込めたのを最後に、ルーシーはトビーと一度も顔を合わせてないの。この部屋に足を踏み入れたことすらないのよ……」

涙を堪えるようにマリアの顔が苦しげに歪《ゆが》んだ。

「トビーはね……勉強したがってたわ……。でも、誰もあの子に手を貸してあげられなかった……」

マリアが嘆くのを聞きながらも、藍の頭を一瞬過《よ》ぎったのは、どうして今の自分はこんなに腹を立てているのかというかすかな疑問だった。その答えがわからないままに、ただ自分を落ち着かせるべく再び深く息を吸い込んでから、藍は口を開いた。

「マリアさん、トビーがパソコンを持っていることをご存知ですか？」

一瞬驚いた様子を見せたマリアが、ちらりと後ろを振り返った後小さく頷く。

「私がこっそり貯めてたお金を、それを買うのにトビーにあげたの。……ただ、中古屋さんには旧式のしかなくて。そのパソコンにネットや何かが付いてないのは私、訊いて確かめたのよ。あの子にネットを使わせちゃいけないのはわかってたから。私はただトビーに字を打たせてあげたかったの。あの子、文章を書くのも本を読むのも好きだから。でも私、本はそんなに買ってあげられないし……ルーシーには言わないでね……私がトビーに何か買ってあげることは禁止されてるの」

顔を上げたマリアは、訴えるような眼差しを藍に向けた。

「トビーの、地下での生活を想像できる？　監獄にいるのとどう違うっていうの？　トビーがどうしてあんな恐ろしいことをしたのかわからないわ。でも、あの子は、その気持ちに抵抗できないんだって、泣いて私に言ったのよ。トビーは自分をコントロールできない。病気なの。本当よ……でも私にはどうしたら治してあげられるのかわからない」

藍は精一杯自分を落ち着かせようとしたが果たせず、苦い笑みだけをどうにか浮かべた。

「マリアさん、あなたは刑務所の生活がどんな風かわかってらっしゃらない。ただ自由がないというだけでは、ないんです……あなたは、彼の面倒をよく見ていらしたと――」

「でも……あの子はまたあんなことをしたんでしょう？ ……リディアを、連れていって……」

悲しげにマリアが顔を覆う。

「あの子にパソコンを買ってあげるべきじゃなかったのね……」

どうやらトビーは自分でＬＡＮカードを手に入れたらしい。

嗚咽《おえつ》を漏らす彼女に肩を貸してやりながら、藍は自分の苛立ちがますます大きくなっているのを感じた。

「マリアさん。ルーシーさんを、呼んできてください。彼女と話がしたいんです」

マリアがやや怯えたような表情になる。

「でも……ルーシーは誰にも会いたくないって……」

「マリアさん。必要なら捜査令状を持ってくることもできるんです。本当なら昨日の彼女の応対だって警察官への暴行として訴えることができました。でもそんな風にはしたくないんです。ルーシーさんを呼んできてください」

真剣、且《か》つ厳格な口調の藍に、マリアは諦めたようにかすかに頷くと家に入っていった。その姿が完全に見えなくなるのを待っていたように、それまでただ傍に佇み黙って見ていたハイエルがようやく声を発する。

「どうしてそんなに腹を立ててるんだ？」

藍は答えなかった。何に対して腹を立てているのかも、どうして今にも爆発しそうなほどの怒りが胸にあるのかも、わからない。ただルーシー・アレンを引っ張り出して実際に顔を突き合わせてみたいだけだ。

しばらくすると中からルーシーの喚き声が聞こえてくる。

「何遍言わせんの？　聞いてもわかんないってわけ？　あたしはおまわりなんかに会いたくないんだったら！」

「……あの人にはもう我慢できない！」

堪えきれなくなって藍はドアを開けようとしたが、眉を顰めたハイエルに腕を掴まれて阻止された。

「少し落ち着け」

「俺は落ち着いてる！　彼女は、何事もなかった振りで隠れたりしないで、捜査に協力すべきなんだ」

ハイエルに反論して声を荒らげた藍の背に、その時声が掛けられる。

「あのう、失礼ですが、あなた方は捜査令状をお持ちですか？」

「はい？」

苛立ちながらも藍が振り向くと、頭の毛が大分淋しくなった太った男が一人、ブリーフケースを提《さ》げて玄関アプローチに立っていた。

せかせかと歩いて二人の前までやってきたその男は名刺を取り出し、藍に手渡す。

「弁護士のジェームス・ワーナーです。ここはルーシー・アレンの家ですよ。もし中に入りたいのなら、捜査令状をお持ちください」

状況を把握した藍は、静かな、それでいて力強い声で答えた。

「トビー・アレンは現在、リディア失踪事件の重要参考人です。捜査令状が要るというならいつでも持ってきますよ」

一歩も退かない藍の態度に、ワーナー弁護士が軽く肩を竦める。

「では、話はあなたが捜査令状をお持ちになってからということで。トビーの失踪にはルーシー・アレンは一点の関係もありません。彼女と彼女の息子が出所以来全く顔を合わせていないことは、彼女の母マリアさんが証言できます。どんなに近い場所にいても……」

一旦言葉を切り、ワーナーは立ち入り禁止のテープが張られたあの貯蔵室にちらりと目を向けた。

「それでも彼等に行き来がなかったのは確かです。ルーシー・アレンはトビー・アレンの失踪には少しも関係ありません」

「ちょっと待ってください……」

その点を強調するように繰り返したワーナーを、信じられない気分で藍は凝視した。

「つまりあなたはルーシー・アレンの代理人にはなってもトビー・アレンの代理人になるつもりはないと？」

「ええ。私はルーシー・アレンの代理人です。トビー・アレンの事件とは関係ない」

再びワーナーが肩を竦めてみせる。

「あの女は自分の保護を弁護士に頼んでおいて、そのくせ自分の子供を捜すためにはなんにもしない、そういうことなんですか？」

ほとんど飛び掛からんばかりの藍の勢いにワーナーは後ずさった。

藍の腕を掴み力尽くで後ろに引き戻したハイエルが、落ち着いた声で弁護士にゆっくりと言い放つ。

「あなたにも聞いていただきましょう。ルーシー・アレンさんに一日の猶予《ゆうよ》を与えます。明日は酔いを醒まして私に会い、質問に答えた方がいい。さもないとここにはマスコミが溢れるし、私も警察の手を借りてこの家を壊した上で床下を二、三メートル掘らせ、リディア・マックスが家の下に埋まってないかを確認させます。ですが、私達は平和的にこの件を解決することもできる。もし彼女がそうしないと言うのなら、私が捜査令状を持ってくる時には検察官にも同行してもらうことになるでしょうね」

「……彼女に話しましょう」

その言葉に込められた圧力を感じ取り、ワーナーが忙《せわ》しなく頷くのを見届けると、ハイエルは無言のまま藍の手を引っ張り、アレン家の玄関先から離れた。

もがいてももがいても振りほどけないハイエルの手に、藍の苛立ちはますます募っていく。

「ハイエル！　放せよ」

更にはアレン家の建物の陰に入った途端、ハイエルに力一杯壁に叩きつけられた。衝撃に抵抗もできずにいるうちに、身動きが取れないよう手早く押さえつけられる。

ハイエルの腕に鎖骨の上を圧迫され全身が密着すると、どれだけ抗《あらが》っても振り解くことができなかった。それどころかハイエルの体温さえ感じ取れた。

息が掛かるほど近付いたことで、不意にあの銃撃戦の日の光景を思い出す。

ルーシーに対する激しい怒りはまだ消えていないが、今、藍の胸が激しく上下しているのはむしろハイエルのせいだった。ハイエルに密着されるといつだってまともに呼吸ができなくなる。

それでも、弱みを見せることなく藍は上司を睨み、努《つと》めて冷静な声を出した。

「ハイエル、放せ」

「お前、トビー・アレンに同情してるのか？」

ハイエルの口調は静かだった。からかうようでも責めるようでもない。

「違う」

ハイエルの言葉に即座に藍は眉を顰めた。自分はトビー・アレンに同情してなどいない。藍にとっても、手の施しようのない児童性愛者より無邪気な少女達の方がよっぽど同情に値する存在だ。

「俺はただ、彼女が捜査に協力的でないことに怒ってるだけだ」

感情を落ち着かせるべく深く息を吸うと、それがハイエルの匂いに満ちていることに気付く。

煙草の匂いと、彼の身体が纏っている独特な香りと。

ハイエルは何も言わず、ただまっすぐに藍を見ていた。

終《しま》いに、藍は顔を背けた。ハイエルのあの、まるで全てを見通すような深い青の眸を直視することなどできない。

「そうじゃないだろう。彼女が自分の子を捨てたことに、お前は怒っているんだ」

ゆっくりとした口調でハイエルがそう結論づける。

藍は目を閉じ、自分の中で今にも爆発しそうになり続けている怒りと、ハイエルの存在が身体に引き起こしている生理的反応とを押さえつけた。

「レイ……頼むから、放してくれ」

自分がひどく疲れているのを感じる。自分を振り回すこの感情に対処する術がないのだ。そして、それはハイエルに対しても同様だった。

いつになく弱々しさを露わにした藍を前にハイエルがやや躊躇ったその時、傍で誰かがパンパンと手を叩く。振り向くとアニタが呆れたように腕を組んで立っていた。

「お二人さん、二人はできてるって噂《うわさ》が、数時間後に全オフィスに広まってるなんて事態に陥りたくなかったら、さっさと離れた方がいいわよ」

にこやかに微笑むアニタにハイエルは険悪な眼差しを投げつけたが、藍から手を離すと後ろに下がった。解放された藍がややぐったりと壁に身を凭せ掛けているのには声を掛けず、アニタに状況を確認する。

「何か見つかったのか？」

「ダルシーさんの車の捜索願はもう出してあります。けど、その後に車庫で発見されたものがあるから、あなた達にも見て欲しくて」

アニタの表情がやや強張っている。

藍をちらりと見やったハイエルが、ダルシー家へと歩きだす。

今しがたの遣り取りで乱れた髪を軽く掻き上げ、緩んでしまったネクタイを直してから藍はその後に続いた。

アニタにぽんぽんと腕を叩かれる。慰めるような笑みを藍に向けた彼女は、だが何も言おうとはしなかった。〝大丈夫？〟と尋ねることは既に何度もしているのだから、今更繰り返すまでもない。そして、藍が何も言わないということもわかっている。たとえ、実際には何かが起こっていたとしても。

ダルシー氏の車庫へ戻ると、鑑識の一人が証拠物件を入れる袋を持ってきた。

ハイエルが受け取ったその中に入っていたのは、それは〝脱がされた〟形跡のある子供サイズの洋服だった。ボタンのうち一つは取れ、一つはぶら下がっている。

ハイエルは無表情に袋を鑑識に返した。

「奴はリディアを着替えさせてる」

「リディアのものかどうかをマックス夫人に確認してもらう必要がありますね」

顔に掛かる髪を耳の後ろに掻きやり、低い声でアニタが言う。

ますます不穏な様相を呈《てい》していく事態に、藍は足早に車庫から外に出た。

胸の奥から湧《わ》き上がる怒りを、新鮮な空気を吸うことで収めようとする。だが、それだけでは到底足りず、藍は傍にあった木製の柵を苛立ちのままに力一杯殴りつけた。

砕け散った柵も血塗《ちまみ》れになった手も、気分を晴らしてはくれなかったが、八つ当たりの対象が欲しかったのだ。

相変わらず無表情なハイエルの視線が、車庫の中からこちらに向けられている。

「お前にカウンセラーが必要なそもそもの理由はそれだな」

二人の遣り取りを見ていたアニタは、いったい何が理由で藍がこんな状態になってしまっているのかが理解できずにハイエルに向かって尋ねた。

「この事件とこれまでの他の事件にどんな違いがあるっていうんですか？　なんでランはあんなに怒ってるんです？」

性犯罪者という存在を心の底から憎んでいるのはアニタも同じだ。とはいえ、今回の事件ではまだ彼女は理性を失うところまでいってはいない。以前に目にした事件の中には、もっと残忍な恐るべきものもあったからだ。

確かに、藍は実は結構なかんしゃく持ちだった。かつて藍がプライベートでかんしゃくを起こした場面に遭遇した時は、アニタですら手を焼いたほどだ。だが基本的には滅多に起こすことはない。ましてや仕事上でなどということはこれが初めてだ。

それに、これまでなら藍は自分の感情をちゃんとコントロールできていた。

局内の厄介者の吹き溜まりと呼ばれるハイエル班で、別の班からの嫌がらせを最も受けやすい立場なのは藍だ。理由は明白で、敢《あ》えてハイエルを怒らせようとするような輩《やから》がいるはずもなく、政界の要人を父に持つアニタを怒らせようという者もいなかったからだ。立っているだけでも圧迫感のあるダニーに対しては言うまでもない。

にもかかわらず、藍がそれらに対して怒りを露わにしている姿を彼女はほとんど見たことがなかった。そんな藍を与《くみ》しやすいと判断した相手から明らかな言い掛かりをつけられても、ただ笑うだけで受け流してしまう。

その藍がこの事件に関してのみ、荒れ狂う感情を隠すこともできずにいるのだ。

だが、今回の事件のどこが、他の事件とそんなにも違うというのだろう。ハイエル班がかつて担当した事件の中にはもっと悲惨な被害者もいたし、もっとひどい家庭に出くわしたこともあった。いったい、この事件のどこが、藍をこんなにも怒らせるほどに、特別なのだろうか。

アニタはハイエルに目を向けた。なんとなく、彼が何かを持て余しているような溜め息を吐く気がしたのだ。もっとも、実際にはハイエルがそんな素振りを見せることはなかったので、彼女自身、自分のその感覚に内心で首を傾げた。

「それ以上訊くなよ。ここが終わったら、封鎖の後、撤収だ。その服はマックス夫人には見せるな。明日の朝、彼女に会いに行って、娘の服装を教えてもらうのがいいだろうな。ついでにあの馬鹿が散らかした柵のところもなんとかしといてくれ」

アニタの問いに対して答えを返すことなく、ハイエルは簡単に引き継ぎをしただけで車庫を出ていってしまう。そんなハイエルに彼女は目を剥いたが、彼を追うことはせずに鑑識に説明しに行った。


近付いてきたハイエルが藍を睨む。

「まだ発散し足りないか？」

痛みだした手を振りながら藍は項垂《うなだ》れて黙っていたが、しばらくして僅かに顔を上げた。

「ごめん」

「局に戻れ。落ち着くまで現場には来るな」

「大丈夫だよ。俺はただ……」

「戻れと言ったんだ。それとも家に帰りたいか？」

ハイエルの冷たい口調に対し、どうにか言い訳を返そうとした藍の努力は、苛烈《かれつ》極まる彼の眼差しの前に敢えなく潰《つい》えた。この件に相談の余地はないぞ、とその目が言っている。

沈黙の果てに藍は小さく頷き、背を向けてその場を離れた。

だが、実をいえばもうだいぶ気分は落ち着いていた。どうして自分がさっき怒りを抑えられなかったのかなど考えたくもなく、ハイエルの言葉が正しいと認めたくもなかったが。

のろのろとアレン家の芝生を通り過ぎようとしていた藍は、自分を呼ぶ誰かの声が聞こえたのに気付いた。

声がした方を振り返ると、まるで怯えた少女のように辺りを見回しながらこちらに向かって走ってくるマリア・バートの姿が目に入る。

自分がさっきマリアに対して取った態度に、やや申し訳なさを覚えていたせいもあって、藍は穏やかに声を掛けた。

「マリアさん、どうしました？」

「……ごめんなさいね、私、ただ、あなたに教えなきゃと思って……」

一瞬躊躇いを見せながらも、何かを決心したようにマリアが顔を上げる。

「トビーは……きっと帰ってくるはずよ。母親、と言ってもルーシーはあんな状態なんだけど……それでもトビーは母親から離れようとしないの。だから、きっと帰ってくるわ」

そう告げたマリアは僅かに微笑んでいた。それでも、母親と呼ぶにはあまりにも不甲斐《ふがい》ない娘の姿と、そんな娘をそれでも母と慕う孫との歪《いびつ》な親子関係に彼女が覚えている悲しみを物語るように、その笑みはほろ苦いものを孕《はら》んでいる。

突如与えられた有力な情報に愕然《がくぜん》とした藍は、気を取り直すと真剣な口調で言った。

「マリアさん、もしトビーが帰ってきたら、俺に教えてくれますか？」

固く握られたマリアの手はかすかに震えていた。孫への裏切りを躊躇う心を振り切るように彼女は幾度か深く息を吸い込み、ようやく口を開いた。

「……そうするわ」

藍を見つめるマリアの、淡い褐色《かっしょく》の眸に涙が浮かぶ。

「リディアを助けてあげて。できれば、トビーのことも……」

彼女を勇気付けるように藍は微笑み、伸ばした手を彼女の肩に置いた。

「あなたは正しいことをしてますよ、マリアさん」

「私も、そう思いたいの……これが正しいんだって……」

口元を覆ったマリアが最後に、縋《すが》るような眼差しを藍に向け、玄関へと戻っていく。

その年老いた後ろ姿を藍は見送った。

心の内の激しい怒りとやりきれなさを、どうやり過ごすべきなのかわからない。

今の藍の願いは、自分がリディアを見つけるその時に彼女がまだ生きていること、そして彼女が以前のとおりの天真爛漫な可愛い女の子であってくれることだけだった。

第四章

局のオフィスへ入るとすぐに、藍沐恩《ラン・ムーウァン》は傍らの応接セットのソファに倒れ込んだ。このまま眠ってしまいたい。

資料室から出てきたダニーがそんな有り様の藍を目にして、ティーバッグの入ったカップを運んできてくれた。

「ラン、マックス家の事件はどうなってるんだ？」

「まるきり収拾がつかない……」

長々と溜め息を吐いた藍は、起き上がってカップを受け取った。

「サンキュー」

熱い紅茶を何口か飲み、ソファの前のテーブルにカップを置いてダニーを見上げる。

「そっちは？　あの銃の出どころはわかった？」

「いいや……でも、見当はつけてる」

藍の向かいの席にダニーが腰を下ろした。

「ていうと？」

ソファに座り直し、ダニーの話に耳を傾ける。

「あの二挺のＭＰ７は商品サンプルだと俺は思う」

「商品サンプル？」

藍は眉を顰めた。もしあれがサンプルだとすると、事件の背後にはまだ同じものが大量にあるということになる。

「ああ。ＭＰ７は個人が簡単に密造できるような武器じゃない。あれには製造番号も付いてた。なのに記録上では存在しないことになってる」

資料の一部をダニーがソファテーブルに広げ、藍に見せてくれる。

「メーカーの代理人を問い詰めても、奴等はそのシリアルナンバーが自分とこのもんだとは認めようとしなかった。けどその道の玄人《くろうと》を見つけてな。そいついわく、シリアルナンバーが製造工場で付けられたもんなのは確かだとさ」

「代理人が嘘を吐いているか、それとも工場に内部犯が？」

藍はその資料をぱらぱらとめくり、目を走らせた。

「玄人氏が俺に言うには、三年前にそこの工場で武器が一山盗まれたことがあったらしい。けど、それが起こった時ってのはちょうどイラク派兵の時期でな、うちの軍と契約があった向こうさんは、もし武器の盗難事件がばれたら契約が危うくなると恐れたらしい。それでこの件を隠して、関係する見解も全部否認してるんだと」

「盗まれて三年も経つ武器が、なんで今頃出てくるんだ？　工場のシリアルナンバー付きなんて売り飛ばすには不向きだろ。どうしてそんな武器をわざわざ盗む必要が？」

「その逆さ。シリアルナンバーがないと正規品だってことを証明できないからな。おまけに工場がそのシリアルナンバーを認めてないんだ。となれば、それらはおっそろしくクリーンな品物ってことになる」

考え込む藍に、テーブルの上の資料を指で弾いてみせたダニーが続ける。

「しかも奴等、きっともう買い手を見つけてる。俺はこの武器は既にアメリカ国内に運び込まれてると睨んでるんだ」

「この件はややこしくなりそうだね……かなりの金額になるんだろ？」

嫌な予感を覚え自分の動揺を抑えるように藍が声のトーンを落とすと、ダニーが頷いた。

「最低価格なら一千万……ＭＰ７だけならたかが知れてるが、最大なら……多分相当厄介な話になるんじゃないか」

藍はほとんど乱れていない髪を掻き上げる。

「詳しい内訳を手に入れる当てはあるんだ？」

「まあな」

一旦言葉を切ったダニーが声を潜めた。

「けど、おおよそしかわからん。工場が認めようとしないからな。それに……この件は扱いを気をつけないと面倒な事態になるぞ。ＦＢＩ《うち》はここ何年かテロ対策がメインになってるだろ。うまくやらないと、マックス事件が切り捨てられる可能性があるぜ」

ダニーに言われるまでもなく勿論わかっている。９１１同時多発テロ事件の後、愛国者法が通過して以来ずっと、局内ではテロ対策が最優先になっている。もしこの武器の件が明らかになれば、失踪して既に一日半が経とうとしているリディア・マックスの事件は放棄され、こっちの方に人員が振り分けられるはずだ。

「まあ派手にせずにいこうや。まずはハイエルに知らせてからリストを確認して、ハイエルがどう出るか見るんだ」

「だな……」

顔を擦りつつ疲れた口調で藍が答える。いつになくくたびれた様子の藍にダニーが首を傾げた。

「ラン？　お前、昨日から寝てないのか？」

「うん。一旦家には帰ったけど、どうも眠れなくて」

瞼《まぶた》を揉《も》む藍の様子に、ダニーが不思議そうな顔になる。

「お前、この間五日連続で徹夜した時もそんなに疲れてなかったぞ。何があったんだ？」

「大丈夫だよ。心配しないでくれ」

どうにか笑顔を作ってみせた藍にダニーはそれ以上訊こうとはせず、立ち上がってロッカーから毛布を引っ張り出し藍に向かって投げた。

「そら。少し横になれよ。なんかあったら起こしてやるから」

「サンキュー、ダン」

ソファに横たわり、ここ数日の込み入った全てに藍は思いを馳《は》せた。

ハイエルの言葉は正しい。藍の怒りは、確かにルーシー・アレンに起因している。

子供を捨てる、ああいう母親を藍は容認することができない。だが藍は、それがどうしてなのかを深く追究しようとはしなかった。考えたが最後、〝さっさと忘れてしまうべきこと〟を思い出してしまうからだ。

藍は自分の思考を養母のメアリーへと向けた。自分がいい母親を持っているのだということを幸せに思い、そして余計な事情は頭から除外する。

一方で、事件のことも頭の中をぐるぐると回っていた。小さなリディアと、そして、ハイエルのことが。

疲労がピークに達しているのに眠れず、藍はソファの上で何度も寝返りを打つ。

目を閉じながら思う。最近のハイエルの反応は少し妙だ。よく考えてみると、数ヶ月前からそれは始まった気がする……ちょうど、イアンがヒューズの後任のカウンセラーになったことについて自分が愚痴を零した後からのような――――……。

――ふと目が覚めて、藍はがばっと起き上がった。

疲れているだけで眠気はないと思っていたのだが、考え込みながらいつの間にか眠ってしまったらしい。

時計を見るともう時刻はかなり遅く、オフィスの灯りは点いたままだが、ダニーの姿もない。

ソファに座り直し、毛布を脇へ押し退けながら藍は眠りに落ちる寸前の思考をトレースした。

そうだ、イアンがヒューズの後任になった件で……。

アニタの心理評価書の件にハイエルがさっさとけりをつけたことは知っている。だが、藍に対してハイエルがそうしてやろうかと持ち掛けたことはなかった。それで少々探りを入れるつもりで愚痴を零してみたのだ。

しかし、ハイエルの反応を見るに、どうやら自分自身でけりをつけろということのようだった。

だから、藍ももうハイエルの力を借りようとはしなかったのだが。

そうだ。ハイエルの態度が些かおかしなものになったのは確かにその後からだ……。

なんでだ？

この数ヶ月のことを藍は思った。偶然の産物かも知れないが、時折ハイエルはまるでセクシャルハラスメントのような行動をとることがある。単なる自意識過剰かと感じる時もあったが、それでは説明がつかない場合もあった。

かなり早い時期から、ハイエルを好きだと藍は自覚していた。だが、毎週金曜の晩のハイエルの行動はセックスフレンドを探しているのであって恋人探しではないのだと承知していたし、その手のドツボに嵌《は》まりたくもなかった。だからこれまで自分の気持ちを打ち明けたこともなかったのだ。

おまけに……身体の関係など持ってしまった日には仕事上でも公私の区別がつけられなくなる。そんなのは真っ平だった。

そして、最も重要なのはイアンの見解が正しいということだ。ハイエルとくっついたなら、傷つくだけなのは明白だ。

ハイエルにしても、そんな一歩を踏み出すことはないだろう。つまるところ、非常に息の合う仕事上の相棒同士というこの関係を、ハイエルがあっさりと壊すわけがないのだ。

でも、だったらどうしてハイエルは俺にあんな真似を仕掛けてくるんだ？

たとえこの気持ちにハイエルが気付いていたところで、自分への態度を変える必要などないはずだ。それに、その想いはしっかりと隠し通しているつもりだった。

大体においては、だが……。

頭を抱えて考え込んでいても始まらない。藍はトイレに行き、蛇口《じゃぐち》を捻《ひね》って顔を洗った。

洗面台に両手をつき、鏡の中の自分の疲れた顔を覗き込む。

ハイエルへの無意味な恋情に頭を悩ませている場合ではない。今考えるべきは、事件のことだ。

そもそもトビー・アレンが子供を連れていける場所はどこだ？

オフィスに戻り、引き出しからタオルを引っ張り出して顔の水滴を拭う。そのままハイエルの机に近付くと、トビー・アレンのパーソナルデータが置いてあるのが目に入った。

ファイルを手に取り、腰を下ろしてじっくりと読み込んでいく。

関係者の連絡先リストを見た時に、ふと疑問を覚えた。ルーシー・アレンの娘、つまりトビーの妹は、五歳の時に不慮の事故でこの世を去っているらしい。ならば、アレン家にあった写真の中のあの七、八歳の少女は誰だ？

藍はファイルを閉じた。トビーがどこにいるかを知りたいのならば、もっと彼のことを知るべきだろう。

ファイルをハイエルの机に戻し、下の階へ向かった。鑑識課に足を踏み入れ、ラボラトリーの開けっ放しのガラス戸をノックする。

「ハイ、ポリー。マックス事件の証拠品をちょっと見せて欲しいんだけど」

鑑識課の夜間シフトの女性職員、ポリー・ケントは忙しさの真っ只中で、指一本だけを動かし、室内のテーブルを指差してみせた。

テーブル上はアレン家の貯蔵室から持ち帰ってきた品で一杯になっている。

藍は手袋を嵌めた。あのアルバムを探し出すと、注意深く手に取り一ページ一ページ詳しく見ていく。

ルーシー・アレンは眩しい笑みを浮かべ、どの写真でもあの少女を引き寄せ、固く抱き締めていた。

そのほっそりとした少女も、楽しそうに笑っている。彼女の人生の最も輝いている時間にシャッターが押されたかのように。

写真はどれも山の中か、でなければ公園で写したもののようだ。木々の緑と、青空と、湖と。家族で遊びに行くにはぴったりな場所だろう。

藍が小さい頃、ケヴィンもよく藍を山の上のキャンプに連れていってくれたなと思い出す。彼はいつも良き父親として、できる限りの全てのことをしてくれた。

溜め息を吐いてアルバムを閉じ、藍はテーブルに両手をついた。相当昔に出版された本や、十冊程度のスケッチブックなどを調べる。トビーの歯ブラシや、カップ、皿、シーツ、服……。鑑識はあの窓すら外して持ち帰ってきていた。

生活のための品すらほとんどないような状況下で、彼は三年も貯蔵室に暮らしていたのだ……あそこでの三年間を支えたのは、なんだったのだろう。マリアに出してくれとせがむこともできただろうに。

それともマリアが言ったように、母親から離れられなかったのか?

「……その窓だけど……」

ポリーが不意に口を開き、藍は我に返った。

「どの窓?」

器具の上に屈み込んでいるポリーにすぐさま尋ね返す。そうやって質問しないと、ポリーはすぐに、さっき自分が何を話していたのかを忘れてしまうのだ。

「だからアレン家の貯蔵室の換気窓よ……」

プレパラート処理をした試料をポリーが注意深く顕微鏡にセットする。

「べたべた付いてる指紋は、みんなトビー・アレンのだったわ」

「彼はいつも窓に凭れて子供達を見てたからね……」

顔を洗った際にやや濡れてしまった髪を藍は掻き上げた。

「あの窓、開けるのは無理でも外すことはできるのよね。すぽっと」

ポリーはようやく顔を上げ、藍を見る。

「あのＬＡＮカードもそうやって渡されたんだと思うわよ」

それだけ言うと眼鏡を押し上げ、再び顕微鏡の方を向いてしまう。

「けどカードに付いてるのもトビー・アレンの指紋だけなのよね」

ポリーのその何気ない言葉で、不意に藍は何か引っ掛かる点があることに気が付いた。

貯蔵室の中は決して不潔ではなかった。シーツをいつでも洗濯できたわけではないという点以外では、トビーは毎日テーブルを拭き、床を掃いていたのだ。なら、なぜあの窓はあんなに汚れるまで拭かなかったのか？

――あの窓を開けることができるのだと、彼が誰にも知られたくなかったからだ。

「サンキュー、ポリー」

一度アレン家の貯蔵室に戻る必要がある。

藍は鑑識課のラボラトリーを飛び出した。

◇

深夜二時、藍はアレン家の貯蔵室に戻ってきていた。

証拠品の捜索は既に終わっている。中はがらんとしてほとんど何も残っていないため、警察による見張りの派遣ももうなく、藍はあっさりと中に入ることができた。

向かいのマックス家には相変わらず煌々《こうこう》と灯りが点いている。リディアがいなくなって、二度目の夜だ。マックス夫人がこれ以上持ちこたえられるかどうかはわからない。

窓枠ごとガラスを外された換気窓から冷たい風が吹き込んできて、以前は蒸し暑かった貯蔵室を多少は涼しくしている。

その窓を見つめて藍は考えた。トビーはどうやってLANカードを入手したのだろう？　近所の子供にうまいことを言って持ってこさせたのか？　彼と口を利こうとする子供が、近所にいるだろうか？　だが、そうでないとするなら、どうやってこの窓から必要なものを手に入れ、共犯者と手を組んだのか？

それとも……共犯者の方がトビーと手を組みたかった？

どこか、ひどい食い違いがあるのを藍は感じた。何かを掴めたようでもあり、何も掴めていないようでもある。

小児性愛者が獲物を共有することはまずない。トビーの過去の犯罪データからも、トビーが自分のお気に入りの女の子を他人と一緒に楽しもうとしたような形跡は見られなかった。なら、どうして自分からトビーを手伝おうとするような奴がいたのだろう？

トビーが差し出せるものはなんだ？　その共犯者が必要としていたものは？　そいつはなんのためにトビーを手伝い、そして何を手に入れたんだ？

「……エイムス捜査官さん？」

窓の前に立ち、風に当たりながら藍が考えていると、背後から小さな声が聞こえた。振り向くと、やはりマリアだ。

「こんなに遅いのに、どうしてお休みになってないんです？」

苦笑を浮かべ、藍はこの小柄な老婦人を見た。

「眠れないの……下りていってもいいかしら？」

マリアがかすかに微笑むのに、一瞬どうしようかと考え込んだものの、現場は既に空っぽなのだ。問題ないですよというように藍は頷いてみせ、手を貸してマリアに階段を下りさせた。

「もうずっと私、貯蔵室には下りてきてなかったのよ……あの子、綺麗にお掃除してたのね」

微笑を浮かべてマリアは部屋を見回し、作られてからかなりの年月を経ていると思《おぼ》しき机をそっと撫でた。

「最初の二年は私の身体の具合がまあまあ良かった頃だから、毎日何かお料理してあげられたんだけど、今は保存の利くものを毎週持ってきてあげることしかできなくて……私ったらあのドアすらすぐには開けられなくなってしまったから」

机に手をついて椅子に腰を下ろした彼女が、藍を見上げる。

「ご存知ないわよね。私、何回かこっそりあの子に言ったのよ。錠を掛けるのを忘れることもできるのよって。でもトビーはちょっと笑っただけで、ここから出ていこうとしなかった」

藍はやや呆気に取られた。トビーは母親から離れたくなかったのか？　祖母を放っていけなかったのだろうか？　それとも、リディア・マックスのいる場所から離れたくなかったか？

毎日、毎週、彼の年老いた祖母が来てドアを開ける時に、ここから飛び出すこともできたはずだ。だが、トビーはそうしなかった。

なのにどうして今になってこんな真似をしたのだ？　本当にリディアが原因なのか？

スケッチブックのことを考える。日付の古いものはどれも、ただのまともなスケッチだ。描かれているのは楽しそうで活発な子供達の姿で、リディアを描いたスケッチブックについても前半は普通だった。ただ、後半のあれだけが——……。

その変調は二週間前から始まっている。この二週間のうちに、何が彼を変えたのか？

他の子供達に向けるのと何も変わらない目で、トビーはリディアを三年間見てきていた。だが、何かしらの理由で急にリディアに対する欲望が生まれたのだ。

「マリアさん……」

　藍は彼女をまっすぐに見つめた。

「ここでアルバムを見つけたんです。ルーシーさんと一人の女の子の……でも、資料ではトビーの妹は五歳で亡くなってる。あの女の子は……もしかしてトビーなんですか？」

　まるで彼女自身の罪を暴かれたかのようにマリアが硬直する。やがて吐き出された切なげな溜め息とともに、小柄な老女は崩れ落ちるようにがくりとその問いに頷いた。

「トビーが八歳の時、イヴは五歳だったわ。二人の子供をルーシーは一人で育ててた。パートを二つ掛け持ちしてどうにか生活してたの。すごく疲れてたせいで、イヴをお風呂に入れてる時に、うっかり眠っちゃったのよ。目を覚ました時には、イヴはバスタブの中で溺《おぼ》れて死んでいた。トビーも気付いて、イヴを引っ張り上げようとしたんだけど……。トビーは妹を助けようとしたのよ。でもルーシーは、トビーがイヴを溺れさせたんじゃないかと疑ったの」

　一旦言葉を切ったマリアが、彼女の孫息子を苦しめた当時の出来事に思いを馳せる。

「警察の鑑定では、不慮の事故だということに落ち着いたわ。あの日、ルーシーとイヴは二人とも風邪を引いていたのね。ルーシーは薬を飲んで、イヴにも風邪薬のシロップを飲ませていたの。それでそんな事故が起こったのよ。でもルーシーは自分を許せなかった。イヴを失ったことと、その原因が自分にあることを認められなかった。ルーシーはそれをトビーのせいにして、自分の娘を返せってトビーに迫ったの。そして、トビーに女の子の格好をさせイヴと呼び始めた。トビーを女の子のように暮らさせたのよ」

零れ落ちた涙を拭いながら、切々とマリアは語り続けた。

「トビーはね、ただルーシーに自分を見て欲しかっただけ。関心を持ってもらえれば、それでよかった。そのためならルーシーに何をされようとも、トビーは気にしやしなかった」

何かに胸を塞がれたようなやりきれなさを藍は覚えた。それでもただ黙って、マリアが当時のことを話すのに耳を傾ける。

「でも、成長は止められない。トビーが大きくなって女の子の格好ができなくなると、ルーシーは遂に我慢できなくなった。むかつく子だと言ってトビーを追い出したの。ルーシーの気を引くことができなくなったトビーは、毎日、夜になって酔っ払ったルーシーが眠った隙にようやく家に帰ってきたわ。そして、ルーシーが起き出す前にこっそり出ていかなきゃならなかった」

過去を思い出し疲れ果てたようにマリアが肩を落とした。

「その頃からよ。トビーが……あんな風になって……ちっちゃな女の子を探しては家に連れてこようとし始めたのは。……初めは、トビーはその子達を連れて帰ってルーシーを喜ばせようとしてたの。最初のうちはルーシーも興味を持つのよ。でも、その子が泣き始めると自分のイヴじゃないって気付くのね。そして、トビーを責め始めるの。トビーのことを犯罪者だって言って、警察に連れていくって脅すのよ」

深く息を吸い、啜《すす》り泣くのを堪えながらマリアが言葉を続ける。

「その後からトビーは、女の子を家に連れて帰ろうとはしなくなった。でも、その子達にもっと恐ろしいことをし始めたの……トビーは、何度か私に泣いて言ったわ。こんなことがしたいんじゃないって。でもトビーは、自分がどうすべきなのかわからなかった」

顔を上げたマリアは、皺に覆われた震える手でその口元を覆い、嗚咽が漏れるのを防ぎながら、藍を見た。

「トビーは母親を恨んで当然だわ。でも、そうしなかった。できなかった。その代わりに怒りや不満を、自分の母親を簡単に笑わせることができるその女の子達相手に発散したのよ。私はあの子にルーシーを責めさせようとした。母親に反抗させようとしたわ。でも、トビーはできなかった。トビーはあんなに母親を求めてたのに、ルーシーはあの子に何もしてあげなかったのよ。ルーシーはただトビーをこんな風に放り出しただけ。まるで自分には最初からそんな子はいなかったっていうみたいに振る舞って」

遂に堪えきれなくなったマリアが泣き伏す。

「何を間違えたのかわからない。どうしてルーシーはあんな風になっちゃったの……」

歔欷《きょき》に震える彼女の肩をそっと藍は抱き、背中を叩いてやって慰めた。

藍にはいつも理解することができない。明らかに血の繋がった、精一杯愛して守ってやるべき相手を、どうして少しも気にすることなく打ち捨てられるのか。相手が堕《お》ちていくのを見ても欠片も気に掛けずにいられるそんな人間がなぜいるのかを。

かといって、そんな気持ちなど理解したくもなかった。

わかっているのは、トビー・アレンに比べると自分はかなり運が良かったのだということだけだ。自分はケヴィンとメアリーに出会い、幸せな生活を手にしたのだから。

そう、藍は自分がとても幸せだと本当に思っていた。とても幸せで、ただ、一つだけわからなかった。どうして人々が皆、まるで藍が新たなチャンスを手に入れられなかったかのように、藍の不幸な過去を持ち出そうとするのかということだけが。

マリアを落ち着かせながら、トビーと自分の境遇の差に思いを馳せていた藍は、ふと人の気配を感じて我に返った。顔を上げると、いつの間にか貯蔵室の入り口にハイエルが立っている。

無言でこちらに視線を向けているハイエルを、藍も黙ったまま見つめ返した。

仕事以外では、ハイエルが何を考えているのか藍にはいまいちわからない。

ハイエルのプライベートについて知っていることといえば、元はＣＩＡの捜査員で、一度結婚し、不慮の事故で妻を失っているという情報だけだ。どんな事故だったのかを尋ねたことはなく、敢えてそれについて話そうという者も周りには誰もいない。それでも、普通の〝不慮の事故〟でなかったに違いないということはわかる。なぜならその後、ハイエルはＣＩＡを離れ、翌年にＦＢＩに入っているのだ。ＣＩＡ時代の関係者で彼が連絡を取っているのは、以前の同僚だったアニタの兄のショーンだけらしい。

妻を亡くして以来、ハイエルが女性と交際したことはないらしかった。けれど、それが妻を愛していたせいなのかどうか、藍にはわからない。死んだ妻についてハイエルは一言たりとも口にしたことがないからだ。

こんなに長年ハイエルと一緒にいても、彼がＣＩＡ時代の話をするのをこれまで藍は耳にしたことがなく、自分から訊いたこともなかった。

ハイエルから視線を外した藍は、マリアの肩をそっと叩いた。

「マリアさん、もう休まないと」

頷いて涙を拭い、家に戻ろうと階段を振り仰いだマリアは、そこにハイエルが立っていることにすぐに気が付いたようだった。だが何も言わないまま、ただ礼儀正しく彼に会釈しただけで出ていく。

それを見送ったハイエルがゆっくりと階段を下りてきた。

「午後には局に戻らせたと思っていたがな」

「戻ったさ」

短い答えで内心の苛立ちを隠し、藍はあの窓を指し示す。

「ポリーが言うにはあの窓の上はトビーの指紋だらけだってさ。必要な品を彼がいつもあの窓で外から受け取ってたのは明らかだよ」

振り向いた藍はハイエルを見た。

「あのＬＡＮカードも共犯者が彼にやったって可能性がある。近所の子に買ってこさせたって可能性もあるけど」

「金はどこから？」

ハイエルはその場から動かず、ただ藍に視線を向けている。

「マリアがあげたのかも。中古のＬＡＮカードなんてそんなに高くないだろ」

肩を竦め、藍はトビー・アレンのことに考えを集中させた。

「仮に近所の子から直接買い取ったとしたって、その子にしても家に帰ってから親になくしたって言えば、すぐに新しいのが手に入るんだからいい小遣い稼ぎになっただろうし」

まるでそこから何かしらの答えが得られるのだと言わんばかりに、藍は窓の外された空洞を睨みつける。

背後に立っているハイエルが僅かにその眉間に皺を寄せたことなど知る由もない。ハイエルのその表情は、目の前の相手がよそへ意識を飛ばしているという、こちらがなおざりにされる感覚を、彼が嫌っていたからだった。

テーブルを軽く叩く音がして、藍の意識は引き戻された。

「車で来たのか？」

「ああ」

我に返りハイエルに目を向ける。

「俺を送っていけ。乗ってきた車はアンに持っていかせてる」

それだけ言うとハイエルは一人でさっさと階段を上がっていってしまった。

藍はやや呆気に取られたが、従う以外の選択肢などない。一緒に地上へ上がると、キーを引っ張り出して煌《きら》めかせる。キーの触れ合うささやかなはずの音は、夜の静寂の中ではやけによく響いた。

「運転する？」

藍のその問いにハイエルがかすかに頭を振った。車の傍へ寄ると、そのまま藍を待っている。ハイエルが何を考えているのかわからず、藍は大人しくロックを解除して乗り込んだ。

静まり返った街に車を滑り出させる。走行中の車内で、二人は無言のままだった。

その奇妙な静寂は、藍をますます苛立たせた。ハイエルが何か言おうとしているのは察していたが、何についてかは知りたくもない。

ハイエルの意識が自分に向いているのを嬉しく思う時はあるが、それも状況によりけりだ。こっちを見ないでくれとひそやかに願うことも時にはある。

ただ静かなだけのこの圧迫感は、藍をいても立ってもいられない気分にさせた。

ますます抑え難くなる感情を堪えてアクセルを踏み込み、最高速度の一歩手前で車を走らせる。ハイエルは相変わらず口を利こうとしない。

車が静かにハイエルの家の前の車道へと滑り込むと、ようやく肩の力を抜き、藍はハイエルに向き直った。しかし、ハイエルは降りようとする素振りもないまま、藍を見つめ返しているだけだ。

　反応に困り、藍はぱっと手を広げてみせた。

「あんた、引っ越したわけ？」

「いいや」

　なぜかはわからないがハイエルが笑みを見せる。そして、手を伸ばすとエンジンを停めてキーを抜いた。

「おい！」

　その行動に一瞬唖然としつつも、藍は語気を強めて抗議を始める。

「あんた、俺を家に帰らせないつもりかよ？」

　キーを指に引っ掛け、そんな藍の反応などものともせずにハイエルはせせら笑った。

「安心しろ。泊めてやるくらいはできる」

　眉を顰め、藍はハイエルを睨んだ。彼にそんなつもりがないことは無論わかっている。ハイエルがただきっちりと話をつけるためだけに、自分をこの車内に閉じ込めたのだということも。

　ほとんど二晩まともに休んでいないせいで、疲労はじきにピークに達しようとしている。藍は抵抗を諦めた。ハイエルはいつも藍をのっぴきならないところに追い詰めるのだ。

「いいさ。何か言いたいなら言えよ」

　諦めて藍はシートを倒した。

「しばらくこのヤマからはお前を外す」

まるで世間話でもするような口調でハイエルが言う。

ほとんど飛び上がらんばかりの勢いで藍は起き上がり、ハイエルを睨んだ。

「あんたにそんなことができるもんか！　俺が何かミスでもしたってのか？」

「少しの間だけだ。アレン家からお前を遠ざけたい。ルーシー・アレンの事情聴取を俺がするまで待て」

肩を竦めたハイエルが答える。

「そんな理由で俺に手を退かせられるなんて思うなよ。ルーシー・アレンは俺になんの関係もないし、どんな影響も与えちゃいないんだから」

怒りを押し隠して反論する藍に、ハイエルは僅かに口の端を引き上げた。

「彼女を話題にするだけで、三十秒以内にお前を怒らせることができる。そんなことは俺ですらできないのにな。これでも影響を受けちゃいないと言えるか？」

今が真夜中だということを覚えていなければ、藍はいい加減喚きだしてしまいそうだった。声だけはどうにか抑えて言う。

「俺を怒らせてるのはあんただろ！　彼女じゃない！　俺が怒ってるのは、あの女のせいにしてあんたが俺をこの事件から追い出そうとしてるからだ！」

「俺がこの事件からお前に手を退かせたいのは、お前が自分の感情を抑えられていないからだ。

今みたいにな」

滅多に見られないほど怒り狂っている藍に、ハイエルが冷静に言い返す。

「たとえお前が認めなかろうが、その事実が消えてなくなるわけじゃない」

相棒である藍がこの現場から外れることなど、どうでもいいと彼は思っているのだろうか。ハイエルの様子を見ても何を考えているのかがわからず、藍はますます募る苛立ちに任せて早口に吐き捨てた。

「俺が今日の午後に感情を抑えられなかったのは、疲れてたせいだ！　あんた俺に何を認めさせたいわけ？　まるでカウンセラーみたいに俺を分析してさ？」

その言葉にハイエルが笑みを漏らす。

「カウンセラーは好かないな。俺もお前を分析しようってわけじゃない。理解できてなけりゃ、お前をチームにも入れてやしないさ」

「俺を理解できてるってんなら、なんでこんな真似をするんだよ？」

イアンにも言われたことがある。藍のことをわかっていると。だが、結果はやはりこうだった。

「俺があの女相手にまともな対応ができないから、だからなんだっていうんだ？　それともあんた、俺があんた達の言う〝過去の影〟のせいで自分を抑えられずにあの女を殺すとでも言いたいのか？」

藍の暴言にハイエルはやや眉を顰めたが、落ち着いた口調で言った。

「俺とお前のカウンセラーを一緒くたにするなよ。お前が永遠にこのヤマから手を退きたいんでなければ、今は落ち着くのが一番だ。頭を冷やせないんなら、手を貸してやることもできる」

ハイエルの言葉に込められたニュアンスなど、少しも耳には届かなかった。

「この冷血漢！　あんたは――」

怒鳴り終える前に、不意に伸ばされたハイエルの手が藍の襟《えり》を掴む。

そのまま強引に引き寄せられたその時、実をいえば藍は一発殴られる覚悟をしていた。

だが、与えられたのは力尽くとしか言いようのない口吻《くちづ》けだった。

わけがわからず頭の中は一瞬で真っ白になる。ほとんど呼吸すら忘れて、ハイエルが好き勝手に自分の唇と舌を蹂躙《じゅうりん》しているのを生々しく感じていた。

「……ん……」

その断続的な呻《うめ》き声が自分の喉から出ているのだということを、しばらくしてようやく藍は自覚した。襟を掴んでいたハイエルの手はいつの間にかうなじに滑り、顎を引こうにも固く押さえられていて、もがくこともできない。藍にできるのは、ただ力なくハイエルの肩に手を突っ張ることだけだった。

ハイエルの香りが鼻腔を満たしている。身体は少しも触れ合っていないのに、既に全身が熱を持っているのに藍は気付いた。

ハイエルが自分を脅しているのか、それともからかっているのか、はっきりしなかったが、彼の場合そのどちらの可能性もあるのだとは理解している。

ただ、藍が彼を押し退けようとしないのは驚いているせいなのか、それともこのキスを喜んでいるせいなのか、ハイエルの方もわからずに考えあぐねているということまでは藍には思いもよらなかったが。

藍のうなじに添えた手の力は緩めずに、ハイエルが少し顔を引く。我に返った藍が意識して迷惑そうな目つきをしてみせると、それを見たハイエルは笑いだした。

「頭は冷えたか？」

あまりの事態に藍は下唇を噛む。ほとんど無意識の仕草だった。

もう一度口吻けてこようとする気配をハイエルは見せたが、伸ばされたもう一方の手は藍を捕らえようとはせず、ただ顎を支えるだけに留《とど》まった。

酸欠のような状態をどうにかしようと、藍は深々と息を吸った。運転席のドアに張りつかんばかりに後ずさって、ややかすれた声で言う。

「……次は……口で言ってくれたらいいから」

同意しかねると言いたげにハイエルが肩を竦める。

「お前がちゃんと聞くならな」

ハイエルが非常に楽しげな理由は、藍には理解不能だった。自分を脅かせられたからなのかそれとも……。

また藍は深く息を吸う。ひたすらに、ここから離れたかった。

「……わかったよ……ルーシー・アレンには会わない。あんたがいいと言うまでは」

ドアを開けて外へ逃げ出したくなるほどハイエルに見つめられ、藍は不承不承約束をする。

「明日はまずダニーを手伝え。ルーシー・アレンの事情聴取が終わったらまた指示する」

「……わかった」

藍はぎごちなく頷いた。

手の上のキーをくるくると回したハイエルが、笑いながら藍にそれを投げて寄越す。やや焦ってそれを受け取った藍を尻目に、ハイエルは鼻歌でも歌いだしそうな様子で車を降りると、ドアを閉める前に藍を覗き込み人を食った笑みを浮かべた。

「疲れたんなら泊めてやれるぞ」

その提案に藍は一瞬フリーズした。ハイエルがからかっているのではないことはわかる。だが、単純に一晩自分を泊めるつもりではないらしいことも感じられ、しばらく呆然としてしまう。それでも、もう少しで自分が頷きそうになる前に藍はのろのろと頭を振った。

「……いいよ……」

ハイエルも何も言わずにただ笑ってドアを閉め、逃がしてやるよとでもいうように後ろに下がった。

藍の運転する車が急発進し、飛ぶように通りを走り去っていく。

ハイエルは更に笑みを深め、ここ数日なかったほどいい気分で家のドアをくぐった。

◇

藍はハイエルの行動と自分の反応のせいで、ほとんどショック死しそうだった。

スピードオーバーも顧《かえり》みず、ひたすらにアクセルを踏み込み家へと急ぎながら、ぐちゃぐちゃになった頭の内では、もし反則切符を切られたら絶対にハイエルの顔に投げつけてやると誓っていた。

あれが一欠片の意味もない単なるキスで、ハイエルが自分をからかったに過ぎないとしても。

それでも藍の全身は熱を帯び、まるでハイスクールの坊やのように瞬時に反応したのだ。藍はただただ家へと飛んで帰り、バスルームへと駆け込むことしかできなかった。

二十分後、藍は全身びしょ濡れになっていた。身体を拭く気にもなれずにベッドに腹這いになった後で、ようやく頭が働き始める。

あのキスから遡《さかのぼ》って考える。ハイエルが言ったことを。

ハイエルの言葉が間違っていないのは、事実だ。

自分の感情は確かに、ルーシー・アレンのせいでコントロールできなくなっている。

こんな風に自分を抑えられなくなったことは長い間なかった。これまでの人生でかんしゃくを起こしたことがないわけではないが、仕事に関しては皆無だ。仕事上、怒りは無益でしかないと知っているからだった。

だが、ルーシー・アレンは簡単に藍に自制心を失わせることができるのだ。どうしてそうなってしまうのか、藍にはわからなかった……。

ただ、少なくとも、ハイエルの言葉が正しいと認めることは楽にできる。ハイエル自身も藍にとってずっと正しい存在だったからだ。

それに確かに、認めなかったからといって、彼女のせいで自分の感情をコントロールできなくなるというその事実がなかったことになるわけではない。

だが、仮に認めたとしてどうなる？　認めた後でも、それらの事実はなくなるわけではないのだ。

なら自分がこの事実を認めるかどうかに拘ることになんの意味が？

果てしなくループしてしまいそうで、もう考えるのはやめようと、藍は起き上がってバスタオルで濡れた髪を拭いた。

振り向くと留守番電話のランプが点滅している。藍はバスタオルを羽織って近付き、メッセージの再生ボタンを押した。

機械から聞こえてくるよく知った声は、あの口うるさい親友兼カウンセラーだった。藍は軽く溜め息を吐いてベッドの端に座った。

『僕だよ。水曜日の約束のことでちょっと。もしその前に時間があるなら……食事か呑みにでも行けたら。駄目なら……電話してくれればいいから……じゃ』

受話器を置いた音の後に短い沈黙を挟んで留守番電話は次のメッセージを流す。

だがそれは藍を少し驚かせた。同じようによく知っている声と、穏やかな口調。

『ラン、私よ。ええと……リディアちゃんのことは聞いたわ……パパは電話してあなたを煩《わずら》わせるなって言うんだけど……でもとっても心配で。あなたも、きっと心配して休めてないんじゃないかと……マックスさんの様子を見に行こうと思ってたんだけど、あなたに迷惑が掛かるかと思って……。私が言いたいのはね…………もしも疲れたらすぐ帰ってらっしゃいねってこと。どんなに遅くても大丈夫よ。あなたのご飯くらい作れるわ。私に迷惑じゃないかなんて思わないで……じゃあね……私もパパもあなたを愛してるわよ。お仕事気をつけてね』

重い溜め息を藍は吐いた。養母のメアリーだ。かなり長い間、メアリーの声を藍は聞いていなかった。

小さい時から同じだ。メアリーは藍を心配するが、これまで藍が苦しいと言ったことがないのと同じように、メアリーもこれまで一言たりとも藍を罵《ののし》ったことがなかった。

藍は懸命にいい子でいようとし、メアリーもいい母親でいようと一生懸命だったのだ。それのどこが間違っているのか、藍にはわからない。こんないい母親を持っていることが明らかなのに、どうして周囲の人間達が、ひっきりなしにそれよりも前のことを思い出させようとするのかも。

自分のことを少しも気にせずに捨てたあの実母を、なぜ自分が記憶し、思い出さなければならないのだろう。

記憶がはっきりしていても、藍はこれまで自分の母親を無視してきた。

彼女のことを忘れてしまえたらと思う。それらの記憶を拭い去り、綺麗さっぱり忘れてしまえたら、もう二度と誰にも、彼女について自分に忠告などさせない。

だがルーシー・アレンは、藍が心の底に隠していた怒りを簡単に爆発させた。

他の人間相手であれば、騙《だま》すことができたかも知れない。だが、ハイエルを騙し通すのは無理だ。

ベッドに倒れ込んで寝返りを打ち、藍はシーツに頭を埋めた。ハイエルが、彼に対する自分の想いに気付いた上で故意にキスしてきたのかどうかは判断がつかない。単純に、そうすれば自分を脅かせると思った可能性もある。

藍は頭を抱えた。たとえこの想いに気付いていようとも、ハイエルにとっては実際、どうというほどのことでもないのだろう……。自分のどこに問題があったのかわからない。いったい何がきっかけでハイエルに気付かれたんだ？

ここ数ヶ月に起こったことを藍は思い返した。この数日、そしてついさっきの車内での会話を。

頭を上げ、新鮮な空気を吸い込む。

確か……イアンのことをハイエルが持ち出したんだっけ……いや、実際には持ち出してないか……。

思い出そうと首を捻る。あの時、自分の頭を占めていたのはイアンのことで……。

だから、ハイエルは言ったのだ。俺とカウンセラーを一緒くたにするなと。

考えれば考えるほど藍は妙なものを感じた。だが、ハイエルは元々カウンセラーを嫌っている。

だから、あのキスとイアンとはなんの関係もないはずだ……。

頭が痛くなり始めるのを感じ、藍はもうそれらについては考えないことに決めた。今、頭を悩ますべきはリディア・マックスの件だ。

掛け布団の下に潜り込み、目を閉じる。眠りに落ちていく寸前のぼんやりとした意識の中、明日はメアリーに電話してあげなきゃと考えた……。

元気だよとメアリーに言わなくては。心配要らないよと。リディアを連れて帰れるはずだと……。

きっと……。

第五章

疲れていたからなのか、それともハイエルにショックを受けさせられたせいだろうか。ぐっすりと眠って藍沐恩《ラン・ムーウァン》は目を覚ました。

もう起きなくてはならない時間だった。相変わらず気分は最低で、頭の中も混乱していたが、それでも昨日よりはだいぶましになっている。

重たい身体を引きずりながら仕度《したく》をし、藍は家を出て局へと向かった。

藍がオフィスに入ってくるのを見てもダニーが取り立てて何も訊こうとしなかったのは、恐らくハイエルからの指示があったからだろう。

「アンは？」

「ボスと一緒にアレン家へ行った」

ダニーが短く答えるのには何も返さないまま、藍はこの数日間で増えてしまった机の上の手紙や書類を引っ掻き回した。

「なんでアンにあの密輸武器の捜査を一緒にやらせないのさ？」

「ここ数日は腕利きの情報屋と組んでんだよ。アンは目立つからな」

そのあっさりとしたダニーの回答に、藍も確かにねと頷いて理解を示す。

アニタの美貌とナイスバディをなんとかしない限り、視線という視線が片っ端から彼女に集まるはずだ。その二つが有効な武器になる時もあるが、目立ちたくない場合には、彼女を連れて歩くのは確かに面倒だった。

「怪しい奴がいるんだが」

そう言いながらダニーが資料の一部を藍の前に投げて寄越す。

ページをめくって確認すると、極薄いその資料は藍が頭を抱えたくなるような違法に近いやり方で取得された代物だった。

「どうやってこの人物を見つけたんだ？」

「指紋さ」

机に腰掛け、ダニーが言葉を続ける。

「例の二挺のＭＰ７に付いてる指紋はあの二人のアホガキのだけだったんだが、弾倉の方に不完全なやつが一つ付いててな。照らし合わせてくれってポリーに迫ったらそいつが出てきたってわけだ」

藍は顔を顰めた。弾倉に付いていたという指紋は完全とはいえないものの、見比べるとやはり資料の指紋と共通する要素がある。

「でもダン、もし裁判になったら、これはまずいよ。こんな不完全な指紋を元に照合をごり押しするなんて」

「どうしても最初は無茶なやり方が必要になるのさ。さもなきゃ裁判にすら持ち込めないだろ」

肩を竦めるダニーに何も言い返せないまま、藍は数ページにもならない資料をめくった。

「いいけどね。この……ティム・ヘラーにはどんな経歴が？」

「スペイン語読みだから正確にはヘラーじゃなくエレルだな。ま、ティム・エレルなんてのは聞いたことがなくて当たり前だ。けどパーシー・コリンズってのは聞いたことあるだろ」

「コリンズ？　あの武器商人の？」

ダニーが投げてきた別の分厚い資料ファイルを受け取り、背筋を伸ばしてそれを開く。

「ああ。俺の情報屋が言うには、例のブツが先週こっそり入港してるのは確かだってさ。コリンズの船だ。先週港に入ったあらゆる船を照らし合わせてたら、ティム・エレルがブツを持ってるってわかったんだ。もう税関チェックもパスしてブツを運び出してる」

「エレルとコリンズにはどんな関係が？」

ダニーの答えを受けて藍は二人の資料を睨んだが、この両者に共通点を見出すことはできなかった。

「……これはただの推測だけどな。コリンズの経歴はお前も知ってるだろ。道端のヤクの売人だったのが改造銃に手ぇ出してルーク・ハリスの組織に入り、ナンバー2にまで上り詰めた。で、その後、ルークを殺して奴の武器商売を引き継いだ、と」

無言で藍は頷いた。コリンズを知らない奴など、局内には一人としていない。コリンズは既にテロリストの一員としてブラックリストにその名を連ねている。だが、そのコリンズの台頭前、一番厄介な武器商人といえばそれはルーク・ハリスだった。

ダニーが更に言葉を続ける。

「自分がルークを殺《や》ってトップにのし上がったって経歴を持ってるから、あいつは誰のこともろくに信用しちゃいない。女房以外はな。けど、お前も承知のとおり、奴の女房は旦那の代わりに武器を運んだりするようなタイプの女じゃない」

「うん。ま、コリンズ本人も今じゃ自ら現場に出ちゃいないけどね」

自分自身と妻以外にもコリンズが信用する相手はいるはずだ。そう思いながら藍は、ダニーの見解の続きを待った。

「奴には他にも信用に足る相手がいた。聞いたところでは……コリンズには子供がいるらしい」

コリンズに関する分厚いファイルをダニーが開く。資料の中でも相当初期のもののうちから、誰の目にもろくに留まらないような名前を一つ指差した。

「ニナ・エレル。コリンズが十五の時に同じフォスターファミリー《里親宅》にいた子だ。当時、コリンズのフォスターペアレンツは八人もの子供を預かっててな。俺の推測ではこの子がティムの母親だろう」

「ダン、奴がこの家にいたのはたった六ヶ月だよ？」

コリンズに関する資料の中でもひときわ短いその文書を見て眉を顰めている藍に、ダニーがエレルの資料を指す。

「年齢は合ってる。母親の名前もな。ニナ・エレルはそこには八ヶ月しかいなかった。家出した後は消息はゼロだ。更にティム・エレルの資料には彼の母親の〝ニナ〟は十年前に亡くなってるとある」

相変わらず眉間に皺を寄せている藍に目をやり、ダニーは言い募った。

「俺だってこの関係にちょっと無理があるってのはわかってるさ。けど偶然の一致にしちゃ、うますぎるだろ？」

「……根拠がこの資料だけじゃ捜査令状は取れないよ」

ティム・エレルの資料を藍はめくった。エレルの前科はたった一件、数ヶ月前の公共物損壊だけだ。単に罰金刑で済むはずが、抵抗して警官に暴行を加えたので記録が残ったのだった。

一方、彼の母親に前科はない。だからなんの資料もなく、この〝ニナ・エレル〟とコリンズの過去に関わりのある〝ニナ・エレル〟が同一人物だとはそもそも証明できない。

「わかってるさ。だから俺はただ奴を探しに行っただけだ。そしたら、ティム・エレルの失踪がわかった」

「失踪？」

ダニーの言葉に藍は顔を上げ、彼を見た。

「もう二日間、エレルの消息は不明だ。奴がオーナーをしている車の修理工場のスタッフに訊いたら、一昨日から連絡が取れてないとさ。家を見に行ってみたら、郵便物もその日から溜まってた」

一瞬言葉を切り、ダニーが続ける。

「銃の件が起こる前、朝ちらっと顔を見せて外出したエレルは一度また工場に戻ってきてる。が、すぐその後でまた出てってからはまるきり顔を出してないらしい。おまけに朝の外出時から携帯もずっと切りっ放しだと。奴と連続で二日間連絡が取れなくなったことはこれまでないそうだ。工場の取締役が昨晩遅くにもう届けを出してきた。俺が考えてたようにあの強盗事件がサンプル品のテストだったら、エレルは銀行の傍にいたはずだ。けど、三軒の銀行の外にある全ての監視カメラを調べても、エレルはどこにも姿を現しちゃいなかった」

「じゃ、エレルはただあの子達に銃を贈っただけなのか？　そんなことしてなんのメリットが？　彼が先週輸入したっていう品はなんだったわけ？」

「数はミニコンテナ一つだけだ。だから簡単に税関のチェックをくぐり抜けたのさ。表向きの商品説明では車のパーツになってた」

考えを整理しようとする藍に、机の上の資料をダニーが指で弾いてみせる。

「先に運び込んだそいつはサンプルで、本命のブツはまだ運び込まれてないんじゃないか、ってのが俺の考えだ」

エレルの資料に目を走らせた藍は、コリンズの資料ももう一度めくってみた。エレルが公共物損壊事件を起こし、警官と争った時間を確認する。少し考えてからパソコンの前に椅子を動かすと、その時間に起きた事件を素早くスクロールした。

「どうした？」

「ひょっとすると……君の推測は正しいかもって思って。コリンズは数ヶ月前にも密輸の時に自分の息子を使ったんだよ。もう一度見てみたけど、ティム・エレル自身も彼の家族も、この時の件以外の経歴は綺麗なもんだ。他にはなんの前科もない。それに記録上では酔っ払ってやらかしたことになってるけど、エレルのアルコール測定値は大して高くないし、おまけに事件が起きたのは港の傍でだ。もしかすると仕入れの方に何かちょっとしたトラブルが起きて、エレルが警察の注意を引きつけたのかも。その後、街には銃が溢れ出した。月々の銃撃事件が七、八件に増えて……」

近付いてきたダニーに説明していた言葉を不意に切る。

注意を引きつける？

「ラン？」

突如として考え込んだ藍にダニーが声を掛けたが、返事もせずにひたすらに藍は思索《しさく》に耽《ふけ》った。

ティム・エレルが失踪したのは二日前、ちょうど三軒の銀行が襲われ、リディアがいなくなった時だ。

もしもこの二つの事件に関係があったら。銃はティム・エレルがあの二人に送ったものだ。

……そして……まさかリディアもティムがトビーに渡した？

トビー・アレンは、どうしてここ二週間で急にリディアを獲物として意識するようになったんだろう。トビーは欲望をコントロールすることを学ぼうと努力していた。マリアに自分を倉庫に閉じ込めさせてまで、大人しく一人で暮らそうと頑張っていたんだぞ。それが、どうして急にこんな風に、リディアを攫うだなんてことを思い立つんだ？

何かあるという気がますますしてきた。もしトビーと話していたそいつが、ピザの配達員の服を着ていたティム・エレルだったなら……リディアを連れてきてあげるよとトビーに提案したのだったとしたら……。自発的な欲望には抗えたとしても、目の前のプレゼントに抗う術はトビーにはなかっただろう……。

ティム・エレルの資料を藍は掴んだ。それに貼られた写真は、確実にキューバ人の血を引くとわかる男のものだ。もう一度コリンズの資料をめくり、コリンズの写真と見比べる。似ているといえる……かどうかかなり微妙だ。

「ニナ・エレルはキューバ人なのか？」

「当たり」

コリンズの資料からダニーは一枚の写真を引っ張り出した。

「十三歳のニナと十五歳のコリンズだ」

十五歳のコリンズに藍は目をやった。二十歳の時のティムの写真とは確かにそれなりに似ている点がある。もし彼等が本当に親子なら、見たところティムは、父親よりは母親の方により似ているようだ。

不意に閃くものを藍は感じた。トビーの共犯にいったいどんなメリットがあったのかがわからないと、ずっと思っていたが、もしダニーと出した推測が正しければ、少なくともそれはこの件で説明できる。

市内の全警察関係者の大半はあの日、リディアと連続強盗事件のために出払っていた。

「……ジェイソンがあの日見たのはエレルだったのかも」

「マックス家の坊やか？　銃の件とマックス家の事件との間に何か関係があるってことだな？」

藍が何を考えているのか、ダニーはわかったようだった。

「エレルは警察の注意をよそに引きつけてたんだよ。あの日、全市警とＦＢＩはこの二件を処理中だった。交通警察もみんな、あのキャンピングカーにしか目を向けてない……」

「じゃ、コリンズの武器はもう入港済みだと？」

立ち上がった藍にダニーが眉を顰める。

「いいや……どっちの事件も港湾区の警備まで撹乱《かくらん》させるほどにはなってない。エレルの目標はあくまで市街区だ」

だが、そもそもどういうことなのだろうかと藍は首を捻った。

なんらかの重要な要素が、エレルにこの二つの事件を起こさせたのだ。ただ、注意を引きつけるためだけに。

「ダニー、あの日あった通報が全部知りたい。一度全部徹底的に調査できれば、きっと何か、まだ荷物が入港していないのにエレルが失踪しなきゃならなかったような問題が出てくる。でなけりゃ潜伏するために失踪したのに、工場のスタッフに通報なんかさせるはずがない」

早口に言う藍に頷きながら、ダニーがオフィスを飛び出していく。

だが、ダニーが帰ってきた時、彼の手にあった一枚の報告リストのとてつもない長さに、藍は危うく白目を剥きそうになった。ダニーが軽く肩を竦めてみせる。

「このプリントアウトに目を通す方がまだましだって。俺を信じろよ。録音資料でなんか聴いてみろ、もっと疲れるぜ」

リストに埋もれた二人は、その終わりがないかのような文字の羅列を調べては、中から使えそうなものを引っ張り出し始めた。

黙々と記録に目を通し続け、一個一個疑わしいものを探し出しては、まず電話で問い合わせをするという作業に数時間を費やす。

アニタとハイエルがオフィスに入ってきた時、彼等の目に飛び込んできたのは、床を埋め尽くしてとぐろを巻く報告リストと、それに埋もれた藍とダニーの姿だ。

「ええっと、これってどんな状況なわけ？」

リストを踏みつけてしまわないようにそろそろと、アニタが自分の机に戻る。

顔を上げた藍は、ハイエルがちょうど自分を睨んでいるところを見てしまった。急速に脳裏に蘇る昨日の記憶に、反射的にハイエルから目を逸らす。

「俺とダニーがちょっと推測したことがあってさ……」

ちらりと目を上げたダニーは、藍がそれ以上説明しようとしないのを見ると、引き継いでハイエルに説明を開始する。

長い長い報告リストを引っ張り上げたハイエルが、それに幾らか目を走らせた。

「手掛かりはあったのか？」

「大半の通報は三軒の銀行の傍です。銃声を聞いてるのは当たり前ですよ」

ダニーが頭を振って答えるのに、藍は眉間に皺を寄せ、ペンを回しながら申告した。

「ここに比較的妙な報告があるよ」

報告リストを掴んだダニーが、椅子に座ったまま藍の傍へと滑ってくる。

自分が見つけたその数行に藍は指を置いてみせた。バンク・オブ・アメリカ襲撃発生からさして差のない時間に、アパートの上のフロアから銃声と甲高い叫び声、争う物音が聞こえてきたと誰かが通報している。しかし、該当する部屋の住民は警官の到着後に、それはご近所の誤解でただのテレビの大音量だと言い、警官の立ち入りも拒んでいた。

「この距離ならバンク・オブ・アメリカから大して遠くない。銃声が聞こえても変じゃないけど、争う物音が聞こえたってのはちょっと問題ありだよ」

手にした赤ペンをくるくる回し続けながら、藍は説明を続ける。

「その時は警察も人手不足だった。住民はシングルマザーと子供が一人。だから警官は彼等に危険がないのを確認したら、もう追及しようとはしなかったんだ」

そこまで言うと藍はダニーを見上げ提案した。

「このご婦人に会いに行ってみようか？」

「ああ」

藍に頷いたダニーがジャケットを掴んで立ち上がろうとした時だった。

「ティム・エレルの家は調べたのか？」

エレルの資料を机に投げたハイエルが不意に口を開く。

「……今のところ手掛かりがないんで捜査令状を取ろうと」

ダニーの答え方は慎重だった。たとえ実際には既に中に足を踏み入れていたとしても、そんなことを上司相手に認められるはずがない。

ハイエルがダニーを睨めつける。

「会社がもう失踪届けを出してるんだ。エレルの家に踏み込む正当な理由はあるだろうさ。何を見つけたんであれ注意しろよ。失踪者の捜査令状ってのは何に触ってもいい代わり、容疑者用とは違うんだからな。アンと一緒に行け」

「了解しました」

その命令に選択の余地なく頷きながら、ダニーはあまり顔色の良くない藍にちらりと目を向けた。

致し方なさそうな表情でジャケットを掴み上げたアニタも、藍に同情の笑みを向けるとダニーについて出ていく。

こんな時にハイエルと二人きりになどなりたくもない、というのが藍の正直な気分だ。特に、こんなにも妙な気分の時には。

「俺が運転する」

かといって抗う術もない。笑いながら手を伸ばしてくるハイエルに向けて、キーを放る。上着を掴みこっそり溜め息を漏らしてから、藍はハイエルを追ってドアをくぐった。

◇

ハイエルと初めて会った時のことを藍は思い出した。自分がまだLA市警にいた頃のことを。

その時のハイエルの印象は、偉そうで無愛想なFBI捜査官というものだった。

偉そうに見えるのは自負心の表れであり、人嫌いだと感じられるのは彼が人付き合いより事件の方に時間を費やそうとするせいなのだと、藍はしばらくして気付いた。それは、ハイエルとともに担当した事件に決着がついた時だった。

ハイエルは自信に満ち、自分のルールをしっかりと持っていた。そのルールの在《あ》り処《か》をそもそも自分が理解できていないことを藍は自覚していたが、それでもハイエルの姿を一目見ただけでも心が弾むのはどうしようもなかった。

事件の収束後は、ハイエルと離れてしまうことにひたすらに落ち込み、悩んだ。ハイエルともう少しだけでも一緒にいたかったし、彼から学べることがとても多いのもわかっていた。

別れる時、ハイエルは何も言わずに、ただ藍の名刺をポケットへと突っ込んだだけだった。

その時の自分の表情が、そんなにもあからさまなものだったのか、それともハイエルが不意に親切心を起こしたのかはわからない。

FBIに入りたいかどうかを、険しい顔で上司が藍に尋ねてきたのは、その数日後のことだ。入りたいです、とほとんど何も考えずに即答した後で、藍は気付いた。自分が上司の面子《メンツ》を丸潰れにしたということに。

それでも、あの人と一緒に仕事をするのだと思うと、頭の中は興奮で一杯になった。そしてFBIの建物に足を踏み入れ、まだがらんとしているオフィスの中、ただ一人で椅子に座っているハイエルを見た瞬間、ようやく藍は意識した。自分はこの人を好きなのだと。

とはいえ、仕事面でハイエルに一度こっぴどくやっつけられるや、そんな気分は速やかに消え失《う》せた。自分が自分のボスを好きだというそのことを藍が改めて思い出したのは、同じチームにアニタが着任し、一年置いて更にダニーが加わったおかげで暇になった後だった。

だが、その頃には藍はもう自分の気持ちを上手に隠せるようになっていた。ただ、今に至るまでわからないのは、自分をFBIに引っ張り込む必要がなぜハイエルにあったのか、だ。

車が停まる。回想をストップして藍はシートベルトを外し、車を降りた。

ハイエルに続いて路地へと踏み込みながらかすかに眉を顰める。幼い頃住んでいた家と極めてよく似ているこの手の古いアパートが、藍は苦手だった。

その感覚を口に出すことはせず、大人しくハイエルについて上階へと向かい、目的の家を見つけて呼び鈴を押す。

ドアの覗き窓から灯りが洩れるのを見て、中の人によく見えるようにと藍は身分証を示した。

四つの鍵が開けられる音がし、ドアチェーンを掛けたまま細くドアが開かれる。そこから顔を半分ほど覗かせたのは、小柄でなかなかに可愛らしい女性だった。

「あの……何かあったんでしょうか?」

穏やかな笑みを浮かべ、藍は身分証を彼女の方に差し出す。

「ジュリア・ピータースさんですね? FBIです。こちらのお宅で銃声がしたという二日前の通報の件で、ちょっと伺いたいことがあるんですが」

女性はやや訝しんでいるように見えた。

「警察ならもう来ましたよ? 私、誤解だったと説明しましたけど」

「ええ、知ってます。ただ、あの日は警察も人手不足で。何せ向かいのバンク・オブ・アメリカで強盗があったものですから。それでこの日に受けた通報を全て洗い直そうとしているだけなんですよ」

少し躊躇った後で、彼女は一旦ドアを閉じ、チェーンを外してから大きく開けてくれる。

「あの日おまわりさんにも訊かれましたけど、これ以上何をお話しすればいいのかよくわからないわ」

ジュリア・ピータースは褐色の巻き毛の持ち主の小柄な美人で、その可愛らしい顔は資料に記載されている歳よりもかなり若く見えた。

藍に愛想のいい微笑を向けたその顔が、ハイエルの顔に視線を移した時、どこか訝しげな色を浮かべる。

藍はハイエルを振り向いた。ハイエルの方には特に普段と違う様子はないが、何かあるなと直感する。

「水をいただけますか?　ちょっと喉が渇《かわ》いていて」

滅多に見られないような穏やかな笑みをハイエルが浮かべてみせる。

まだ些か躊躇する気配を見せつつ、それでもジュリア・ピータースは二人を家に招き入れた。

「どうぞ」

先に足を踏み入れたハイエルに、藍も続いた。ハイエルはこの女性を知っているに違いない。

だが、この女性の方はハイエルを知らないように見える。

なんでだ？

室内に入り辺りを見回した瞬間に、藍はこの女性に対する好意を芽生えさせた。クッキーの香りがしている。メアリーもいつもキッチンに、その甘い香りを漂わせているのだ。そしてここには可愛らしいパッチワークがあちこちに飾られていた。

とても暖かな雰囲気の部屋の中、足元に目を落とす。パッチワークの真新しいフロアマットの下に、一箇所、床の色がやや暗くなっている場所があった。

ジュリアがハイエルのために水を汲《く》みに行った隙に、藍はしゃがみ込んでマットをめくりその下にさっと目を走らせた。フローリングの上のやや暗い色になった部分が覆い隠されている。マットをめくった時には漂白剤の臭いも嗅ぎ取れ、藍は眉を顰めた。

これは、何かあった可能性がある。メアリーも消毒には漂白剤を使っていたはずだ。

振り向いたジュリア・ピータースが、特に慌てた様子もなく藍に目を向ける。

「まだ漂白剤の臭いがします？　ごめんなさいね、うちの子が一昨日ちょっと吐いちゃったの。必死に掃除してようやく臭いが消えたのよ」

「マットを見てただけなんです。手芸がお上手ですね」

「ただの趣味よ」

笑って立ち上がった藍に、彼女も笑ってレモネードを手渡してくる。

「ありがとうございます」

受け取った藍が振り向くと、ちょうどハイエルが壁の写真を眺めているところだった。

その光景に藍はややぽかんとなった。

ハイエルの顔に浮かんでいる表情があまりにも柔らかなものだったからだ。藍がほとんど見たことのないようなそれは、優しいとすらいえるものだった。

訝しい気分で藍はジュリア・ピータースに目を戻した。この女性とハイエルには、どんな関係があるんだ？　ハイエルにあんな顔をさせられるなんて。

「あなたのお子さんですか？」

「ええ。トミーは今年で十歳になるの」

写真の中で楽しそうに笑っている少年をハイエルが指すのに、微笑んでジュリアが頷く。

「私の子も生きていたら今年で十歳です」

ハイエルがあっさりとそんな答えを口にしたので、藍は驚愕した。だが、ハイエルは藍に背を向けているので、どんな表情で彼がそれを口にしたのかを見ることができない。ほんの相槌《あいづち》として口にしただけの言葉なのか、それとも本当なのか。少なくとも、ハイエルに子供がいたなどという話は、藍は聞いたことがない。

「お気の毒に」

「随分昔のことですから」

申し訳なさそうな表情になったジュリア・ピータースに、気にしていませんというようにハイエルが笑った。

どうして自分はひどく窮屈《きゅうくつ》なものを感じているのだろう。その理由を理解できないままに、藍は自分の意識を今いる部屋へと向けようとした。

もし争い事があったとするなら、その痕跡は実にきちんと片付けられている。あの日、警官達がどうしてさっさと引き揚げたのかわかる気がした。ドアのところからでも、何事もなかったというのが一目瞭然《いちもくりょうぜん》だからだ。

藍自身も、早くここから出ていきたかった。明らかにお邪魔虫な自分を意識しながら同じ空間にいるのなど真っ平だ。

「こちらに住まれて長いんですか？」

「六年になります」

世間話でもするようなハイエルの問いに、ジュリアがちらりと笑みを浮かべる。

「夫が死んだ後にインディアナから引っ越してきたの」

「ご主人は生前、なんのお仕事を？」

にこやかに部屋を見回していたハイエルが、ジュリアの答えに更にそう尋ねたことに、藍は顔を顰めた。

この質問はややプライベートすぎるし、自分達の目的とは全く関係がない。

ジュリア・ピータースも明らかにそう思ったようだった。少々呆気に取られ、どう答えようかと考えている様子の彼女に、ハイエルは言葉を続ける。

「思うに、ウォール街で株価を操作していらしたのでは？」

ハイエルの笑みには少しの変化もなかったが、藍は唖然とした。インディアナから来たと彼女は言ったのだ。ウォール街なんてどこから出てくるんだ？

だがジュリア・ピータースの表情は、もっと驚愕に満ちていた。それが、ハイエルの疑いが正しかったせいなのか、彼女が何かを思い出したせいなのかはわからなかったが。

「……あの……私……ええと、その……」

頷こうか頭を振ろうかと考えているかのように、しばらく答えられずにいた彼女が、最後に無理矢理笑みを浮かべてみせる。

「私……急に思い出したんですけれど、私、うちの子を迎えに行かなきゃ……。美術のデイキャンプに参加してるのよ。もういいかしら……？」

「勿論です」

笑みを浮かべたままハイエルは引き下がった。

「お騒がせしました」

明らかに自分達を締め出そうとしているジュリア・ピータースの態度に藍はむっとしたが、ハイエルは特になんの反応もせず、ただ行こうとだけ藍に示す。

二人がドアをくぐる直前になって、ジュリア・ピータースは躊躇いがちに口を開いた。

「……私……ごめんなさい、嘘吐いて。一昨日、泥棒が入ったの。家に置いてあった銃で脅して逃げ出させたから、もう二度と来ないと思って。ただ、私の銃は登録証がないやつなのよ……面倒なことになりたくなくて、警察には言わなかったの。私……ここに住んで長いし、子供と静かに暮らしたいだけなの……」

藍は彼女を見つめた。もしハイエルが自分と一緒にここを訪れていなかったなら、あるいは藍も彼女の言い訳を信じたかも知れない。が、今の藍は彼女が嘘を吐いていると感じていた。

彼女の嘘を咎めることはせずにハイエルが名刺を取り出し、彼女に手渡す。

「大丈夫ですよ、ただのパトロールですから、もう誰もあなたにお手数をお掛けすることはないはずです。でももし何かあったら、私に連絡してください」

少し躊躇っていたが、彼女は名刺を受け取った。

「ありがとう……」

軽く微笑んだだけでハイエルがその場を離れる。藍は彼女に愛想よく会釈してから、ハイエルを追って階段を下りた。

車に乗り込みシートベルトを締める。車が二ブロック走ってもまだなんの説明もしようとしないハイエルに、遂に我慢できずに藍は声を掛けた。

「説明する気は?」

「何をだ？」

「ジュリア・ピータースを知ってるんだろ？」

どこか心ここにあらずといった様子で道を見つめているハイエルを睨みながらも、自分の口調が不機嫌なものになるのをできる限り抑えようとする。

「どうしてそう思う？」

「そう感じたからさ。それに、彼女は嘘を吐いてる」

藍を睨み返しただけで多くを語ろうとはしないハイエルに、はっきりと藍は答えた。

「どうしてそう思う？」

何事もなかったようにハイエルがそう繰り返す。

「エレルがあのガキどもに銃を送った上に、リディア・マックスの誘拐にも手を貸した。それが全てジュリア・ピータースに関係していると言いたいのか？　なぜだ？」

どうしてかなどわからない。あるいはジュリア・ピータースは子供を連れてそんな生活から逃れてきたのかも知れない。彼女は武器商人に関わりがあるようには見えなかった。

答える術がなく、藍は押し黙る。

「そういえば、ルーシー・アレンの事情聴取がどんな結果だったか、訊かなくていいのか？」

そう尋ねてハイエルが愉快そうに笑いだす。この二日間で、ここ二ヶ月で見せたよりもずっと多くの笑顔を見せているハイエルとは対照的に、藍の方はただ憂鬱になっただけだった。

「……あんたが俺をその件から追い出したんだろ。俺は今ダニーを手伝ってるんだ」

些かふてくされて言いながらも、本当はその聴取の結果を藍は耳にしていた。聴取を受けてもルーシー・アレンは何も答えられず、息子についても何も知らなかったらしい。

だが藍には、結果を聞く前から、こうなることはわかっていた。誰よりも。だからこそ、あの日ルーシーの弁護士に彼女を出せと迫ったのだ。白昼、公衆の面前で〝ルーシーが子供になんの関心も持っていない最低の母親であること〟を暴露し、〝弁護されるに値しない人間であること〟を弁護士に突きつけたかった。

冷静になってみれば、あれは意味のない行動だったとわかる。もしかしたら、この件から外されたのは自分にとっては正解だったのかも知れない。しかし、いなくなって三日になるリディアのことを、藍は心配せずにはいられなかった。

沈黙し続ける藍にハイエルはもう何も訊こうとはせず、藍の方もジュリア・ピータースの件を持ち出そうとはしなかった。可能ならば……二度と持ち出さずにいたいくらいだ。

だが、それは単に自分が意固地になっているからこそ出てくる発想なのだということも理解している。

あの若く美しいシングルマザーはやはり要注意人物だ。もし彼女がリディアの事件と関係あるならば、どんな手掛かりであれ絶対に放ってはおけない。

たとえ……たとえハイエルと彼女になんらかの関係があったとしても。

そう思いながら藍は車窓を飛び去っていく景色に目を向けた。そのまま目を閉じ、まずは少し脳を休めることにする。

◇

朦朧《もうろう》とした意識の中、何かがそっと顔に触れたような気がした。手を伸ばして顔を擦る。目を開けて数秒が経過し、自分が車の中で眠ってしまっていたことにようやく藍は気付いた。

起き上がって、車がとっくに停まっていたらしいこと、ここが局の地下駐車場らしいことにも気付き、運転席の方を向く。ハイエルは窓を開け、煙草を指に挟んだ手をその外に垂らしていた。

「よく寝たか？」

跳ねた髪を藍は撫でつけた。

「なんで起こしてくれないのさ……着いてからだいぶ経ってる？」

「ちょうど一服したかったんでな」

煙草を咥《くわ》え直したハイエルがキーを抜くのを見て、慌てて車を降りる。自分は本当に彼が一服する間寝ていただけなんだろうか？

ハイエルがどんな人物なのか、最近ますます藍にはわからなくなってきている。

他に術もなく黙ってハイエルの後を追った藍は、乗り込んだエレベーターの壁に凭れ、しばらくその背を見つめてからようやく尋ねた。

「ジュリア・ピータースの件はどう処理するつもりなんだ?」

振り向くことなくハイエルがただ淡々と答える。

「もう彼女に会いに行く必要はないはずだ。トビー・アレンの指名手配の令状は既に出ているし、そっちの件を続けていいぞ」

その言葉に藍は眉間に皺を寄せた。ハイエルに何か言い返してやりたい。だが、実際のところ藍自身も、ジュリア・ピータースを追い続ける理由を見つけられてはいないのだ。

答えずにそのまま沈黙した藍は、ハイエルがエレベーターから降りていった後でこっそりと溜め息を吐き、ハイエルを追った。

オフィスに入ると、ちょうど談笑中だったアニタとダニーがハイエルを目にしてぴたりと口を噤む。

「結果は?」

「何もなしです。エレルの部屋は引っ越してきたばっかかみたいに綺麗でしたよ」

ハイエルの問いにダニーが答えた。

「彼の通話記録を申請してあります。けど失踪班も何か意見があるみたいで、だから通話記録は向こうが先に見てから、明日こっちにくれるそうです」

そう補足して肩を竦めてみせたアニタがこちらの成果を尋ねてくる。

「そっちは？」

「特別なことはなかった」

上着を脱ぎながらハイエルがそう答えたのには目を剥いたが、藍は何も言わず、給湯室に行こうとカップを掴んだ。

「見たところ、どっちの事件も行き詰まっちゃいましたね」

アニタが溜め息を吐きつつそうぼやく。

「トビー・アレンの令状はもう出てます。今は待つことしかできませんよ」

「今日はもう全員帰って休め。明日、通話記録が手に入ったら改めて始めよう」

席に着いたハイエルからのお許しに、アニタは凝り固まった肩を回した。

「やった。やっとゆっくりバスタイムが取れる」

「お、じゃあ一杯どうよ？」

ジャケットを掴んだダニーがアニタを誘うが、アニタは振り向きざまに彼を睨む。

「真っ平。あんた毎回、セフレをゲットしたらあたしを置き去りにするじゃんよ」

ごもっともなクレームにダニーが肩を竦めてみせる、そんな遣り取りの中、ハイエルにだけは出ていこうとする素振りがなかった。それを見て藍が口を開こうとした時、藍の携帯電話が鳴り始める。

携帯電話を肩と耳で挟み、手にしたカップもそのままに藍は足早にオフィスの外へ出た。

「エイムスです」

受話口からはなんの声も聞こえてこない。

些か変に思い、耳元から離して発信者を確認する。知らない番号だ。もう一度、藍は携帯を耳元に近付けた。

「もしもし？　どちら様ですか？」

ややして、受話口からかすかな声が聞こえてくる。

『……エイムス捜査官さん……私……マリアです……マリア・バートです』

「マリアさん？　何かあったんですか？」

この大人しい老婦人を怖がらせまいと藍は声を和らげた。

『……私、わからなくて……こんな風にするのが、正しいのかどうか……』

その言葉に、藍は瞬時に自分の全神経を総動員した。

「マリアさん、心配しないでください。あなたが何をしたんであれ、それは全部トビーのためになるんですから」

固く携帯電話を握り締める。もしかしたら、この事件にはまだ希望があるのかも知れない。心臓が早鐘のように打ち始める。電話の向こうからはなかなか応えがなかった。

「マリアさん、ちっちゃなリディアのことを考えてください。彼女のお母さんのことを。彼女達を助けてあげてください」

深呼吸し、穏やか且つ誠実な口調で藍は言葉を続けた。

不意にハイエルがオフィスのドアから顔を覗かせる。藍が誰の電話を受けているのかを確認したかったのか、それとも何かの予感だったのか。

「マリアさん、大丈夫です。それは、あなたの間違いじゃありませんよ。あなたはリディアを助けられるし、それはトビーを救うこととも同じなんです」

受話口の向こうから聞こえてくるのはかすかな啜り泣きのようだった。

藍はハイエルに手を伸ばして合図する。すぐにハイエルは後ろを向くと、ダニーに指示を出した。

「ダン、アニタを戻らせろ。すぐにだ」

オフィスを飛び出したダニーが、ちょうどエレベーターに乗り込もうとしていたアニタを引っ張り出す。

「い――――や――――。うちに帰りたいのにぃぃぃ……」

嘆きの声を上げながらアニタがダニーにオフィスへと引き戻されてきた。

「マリアさん。あなたがしたことは正しいことですよ。ありがとう」

通話を切り、藍はハイエルに目を向ける。

「トビー・アレンが今夜、母親に会いに帰ってくる」

ハイエルが時計を見た。ちょうど六時過ぎだ。

「ブラウンに知らせろ。先に俺達が行く」

もう片付けていたホルスターを装着しながら、アニタが嫌そうな声を出す。

「知らせないってのは駄目なんですか？」

「これは奴のヤマだからな」

無表情にハイエルが答えたのを受け、大体の状況を藍がブラウンに携帯電話で伝えてやった後、四人は一団になってエレベーターに乗り込んだ。

深々と藍は息を吸い込む。今は、リディアがまだ生きていることを願うのみだ。


ブラウンとの合流後、全員周囲に潜んで長時間の待機に入った。

藍はハイエルと車内に座り、灯りがずっと消えないままのマックス家を見た。リディアを見つける前にもう一度あそこへ行く勇気はない。

シートを倒してハイエルとともに車内で横たわる気分は、些か妙なものだった。

ハイエルの視線がアレン家と例の貯蔵室にだけ向いていても、だ。

耳にイヤホンを突っ込み、藍は他の捜査官の遣り取りに耳を傾けた。情況の報告、誰かとのおしゃべり。車のメーターパネル上に輝く数字は、今がもう深夜の十二時だということを示している。

「本当に帰ってくると思うか？」

ハイエルの問いは突然で、答えるのに一瞬だけ間が空いてしまう。

「ああ。マリアさんが言ってた。トビーは母親から離れられないんだ、って」

もうそれ以上は何も言おうとはしないハイエルの横顔を見つめ、いつもどおりのハイエルだと藍は思った。

笑うことが滅多になく、いつも厳しい顔をしている。たとえ笑ったとしてもそれは嘲《あざけ》るようにか、せいぜいからかうようにだ。あんな柔らかな表情で笑みを浮かべるところなどほとんど見たことがない。

今日の午後、ジュリア・ピータースの家にいた時のことを思い出す。自分が目にしたこともない、ハイエルのあの表情と雰囲気。それを思い出すや否や、ひどく窮屈な気分になった。

ハイエルが他の人間にそんな顔をしてみせたことに自分が妬《や》いているのだとは思わない。そうではなくて……それが、自分の知っているハイエルではないかのように感じるのだ。

これまで、自分がハイエルを理解できているなどと思ったことはない。それでも、わかっていない部分というのは、もしかすると自分が思っていたよりもずっと多いのかも知れなかった。

「あんた、ほんとに子供がいたことあるわけ？」

その質問を口にした時、藍は自分でも少し驚いていた。

こんな質問は理屈から考えてもするべきではないものだったし、これまでハイエルのプライベートについて質問したこともなかったからだ。

「ふん」

ハイエルも藍に目を向けることはせずに鼻を鳴らしただけだったので、それが〝いた〟ということなのか、それとも〝答えたくない〟という意味なのかはわからなかった。

しばらくの沈黙ののち、ようやくハイエルは振り向き、藍をその目に映した。

「俺の妻は、死んだ時妊娠二ヶ月だった」

心臓を何かに刺されたような気分になり、藍はなんの反応も返すことができなかった。

口にしたのはその一言だけで、ハイエルはすぐにまた視線を戻し目標物を睨む。

訊くべきではなかった。

その言葉を口に出した時の無表情なハイエルの顔からは、彼が何を思っているのか読み取ることはできない。ただ、踏み込むべきではない領域に自分が足を踏み入れたのだと思い知らされるのには充分だった。

何かに喉も胸も塞がれているような思いの中、なす術もなく俯く。

ただひたすらに、苦しかった。

『総員注意。目標が現れたぞ』

イヤホンからの注意喚起に藍は深く息を吸い、救いを得た気分で顔を上げた。だが周囲の状況を観察しながら妙なものを感じて身を起こす。

トビー・アレンの様子は、仕事を終えて家に帰ってきた普通の人とまるで変わらない。両手をポケットに突っ込み、緩やかな足取りで道を歩いてくる。何かを装っている気配も、びくびくしている印象もない。単にのんびりと、トビーは家を目指していた。

藍と同様に何かを感じたのかハイエルもかすかにその顔を顰める。しばらくトビー・アレンを睨んでいたが、不意にドアを開けると車を降りた。

一瞬唖然とした藍も、ハイエルに続く。

『ハイエル！　お前、何やってるんだ？』

耳に刺さるようなブラウンの叫び声がイヤホンから聞こえてくる。ハイエルはイヤホンを投げ捨て、散歩でもしているかのようなゆっくりとした足取りでトビー・アレンに向かって歩いていった。

「トビー・アレン」

ハイエルの呼び掛けに足を止めたトビーがハイエルに目を向ける。

「ＦＢＩ捜査官のレックス・ハイエルだ」

一瞬立ち止まって身分証を示してみせたハイエルが、再びトビーに向かって足を進めた。

相変わらず平然としたその態度を崩さないまま、トビーが彼に会釈する。

「どうも」

「リディア・マックスがどこにいるかを知っているね？」

落ち着いた口調で尋ねるハイエルの後ろに藍はぴったりと張りつき、手は自分のヒップホルスターの上に置いていた。トビーが不意に武器を掏《す》り取ったりするのを防ぐためだったが、彼は笑みを浮かべただけだった。

「心配しなくていいよ、彼女はとても幸せだから」

眉間に皺を寄せた藍は、トビー・アレンに一歩近付いた。

「トビー、マリアさんが君のことをとても心配している。リディアがどこにいるのか教えろ。彼女は暗いのを怖がる。君がリディアをそこに一人にしてきたなら怖がって泣いているはずだ」

「いいや。リディアはもう暗いのを怖がらない」

トビー・アレンはただ微笑んだ。

その笑みになぜか息が苦しくなる。グリップを固く握り締め、自分がそれを抜いてしまわないよう藍は堪えた。

ハイエルも一歩踏み出し、トビーの目の前に立った。

「リディア・マックスを連れていったことを認めるか？」

「彼女の幸せのためにやったんだ。あの子は今、世界で一番幸せな女の子だよ」

幻でも見ているような楽しげな笑みをトビーは浮かべている。

目を伏せたハイエルが腰の手錠を外し、トビー・アレンの腕を引っ張ると、後ろを向かせて手を上げさせた。

「君は逮捕された。君には黙秘権がある。今からの君の全ての発言は将来裁判に証拠として提出されることがある。君には弁護士を要請する権利がある。もし君が経費を負担できなければ、法廷が君に対する弁護士の派遣を指示する」

機械的にハイエルが〝ミランダ警告〟を口にする中、他の捜査官がトビーを取り囲み、地面に押さえ込む。

しかし、トビー・アレンはそもそも全く抵抗の意思がないかのように暴れることなく、大人しく彼等に従って連行されていった。

ヒップホルスターをカバーしていた手を藍はゆっくりと下ろした。混乱の中、家の外に立ち尽くしているマリア・バートに目を向ける。

マリアは涙ぐんでいた。大きなショールに包まれた身体は、痛々しいほどの彼女の小ささを露わにしている。祈るような思いに満ちた目で、マリアは藍を見つめていた。

マリアが何を言いたいのか藍にはわかっていた。あの子を助けてあげて。トビーを助けてあげて。

マリアを慰める意味で笑ってみせるべきだという認識はある。それでも笑みは浮かばなかった。暗いのを怖がる小さな女の子のことしか考えられない。

ハイエルに視線を遮られてようやく、彼の顔に目を向ける。

「たとえ遺体しか残ってなくても探して連れ帰るんだ。それがお前が約束したことじゃないのか？」

深く息を吸い込み、頷いて藍はその場を離れた。

悲しい顔をしたマリアにそれ以上目を向けていることはできなかった。ただ、リディア・マックスを探し出すことだけを思う。

彼女を見つけ、母親の傍へと送り返すのだ。

第六章

トビー・アレンは非常に落ち着いていた。

まるで大人しい少年のようにきちんと座っている。弁護士を呼べとも言わず、他の何かを求めることもない。リディアがどこにいるのかという質問以外にであれば、問われたことには必ず答えるし、応対も礼儀正しく丁寧だった。

大きなマジックミラーを透かして覗き込んだその三十二歳の青年は、母親に無視されている八歳の少年そのままに見える。

藍沐恩《ラン・ムーウァン》はきつく眉間に皺を寄せ、取調室の中を監督室から覗いていた。ブラウンによる取調べは欠片ほども進展していない。

脅そうが賺《すか》そうが意味はなく、ただ愛想のいい笑みを浮かべて答えるだけのトビーを、藍は一言も発さないままひたすらに見ていた。自分がトビーに同情しているのではないことは明白だ。

だが、面影も消え失せた自分の母親が脳裏に浮かぶのはどうにもできなかった。

もしもあの頃にサムがいなくて、その後ケヴィンとメアリーに出会うこともなかったなら、自分はどんな風になっていたのだろう？　目の前のこの人物のようになっていたのではないか？

不意にすぐ後ろで聞こえた足音に藍は飛び上がった。我に返って振り向くと、何が気に入らないのか不機嫌そうな面持ちのハイエルがいる。

呆気に取られた藍は、自分の前にハイエルが中国茶の入ったカップを差し出しているのにやっと気付き、それを受け取った。

「中に入りたいのか？」

自分もカップを手にしたハイエルが、一向に進展のない取調室を見つめる。

その問いには、藍は沈黙を守った。リディアのことを案じているのは事実だ。だが、今入らせてもらっても、何を尋ねればいいのかわからない。

深く息を吸い、熱いお茶に口をつける。

それが口に入った瞬間、藍は吃驚《びっくり》した。偶然なのかどうなのか、それは藍が一番好きなティーバッグで淹れられていた。大体十数種の中国茶のコレクションを、藍は一まとめにして給湯室に置いている。理屈でいえば、それらの茶がどう違うのかをハイエルが見分けられたはずがないのだ。

「……ありがとう」

それに対するハイエルの答えはなかった。

トビー・アレンとブラウンの持久戦を二人してただ眺め続けながら、藍はトビーをじっくりと観察した。

トビーがリディアを隠すことができたのはどこだ？　連れていけるような場所は、どこがある？

彼の母親名義の他の家などというものはない。マリアについてもそれは同じだし、トビー自身はいうまでもない。子供時代に住んでいた場所と刑務所以外では、ずっとあの貯蔵室に閉じ込められていたのだから、周辺の道がわかるかすらも怪しい。

ティム・エレルのことにも考えを馳せる。エレル名義の場所というのも、修理工場以外には隅から隅まで捜索済みの自宅だけだ。もしエレルが共犯者でも、リディアの隠し場所をトビーに提供した可能性を示唆する手掛かりはない。

六歳の女の子が泣きも騒ぎもせずにいるだろうか？　どうやってリディアを大人しくさせ、連れていったんだ？

もう一度深く息を吸い、目を閉じてこめかみを揉む。自分がとんだ考え違いをしているとは思えない。もう一度何か見落としていないか考えてみようと決めて、藍は目を開けた。

何気なく視線を走らせていた藍は、トビー・アレンの履《は》いている運動靴《うんどうぐつ》に泥が少し付着していることに気付いた。この数日、雨は降っていない。地面は濡れてなどいないはずだ。

藍はガラスにへばりつき、少しでもトビーに近付いてはっきり見ようとした。

不意に閃き、監督室を飛び出すや、階下へと駆け下りる。ノックもせずに鑑識課へ飛び込んだ。

「ポリー、気付いたことが！」

手袋を引っ張り出して嵌め、テーブルの上のあのアルバムを素早く探し当てる。ハイエルが後ろから追いついてきた。

「何に気付いた？」

「これだ。トビーが小さい頃、ルーシー・アレンがいつも彼を連れていった湖」

ページをめくり、開いたそこをハイエルに見せる。

「トビーは十七歳で刑務所に入って、出てきた後では地下室に閉じ込められてた。彼が唯一覚えてる場所っていったらここだよ」

眉を顰めたハイエルが、その写真に目を落とす。

「どこの湖だ？」

「わからない……」

何か標識か特徴でも見つからないかと、藍は急いでその写真を一枚ずつ隈《くま》なく見てみた。だが、何もない。

「トビー・アレンが八歳の時に妹のイヴが事故で死んでる。ルーシーは彼をイヴとして育てるつもりで女の子の格好をさせて、もうそれが無理になったんでやめにしたんだよ。多分、トビーが十二、三歳前後の時に」

楽しそうな家族の写真を藍は見つめた。この幸せそうな光景が、だがトビー・アレンが今のようになる原因だったのだ。

「ちょうど彼が幼女への猥褻行為を始めた歳か……」

「レックス・ハイエル！　あんた、何してんのよ！」

アルバムを掴みそのまま外へ出たハイエルに、ポリーが鋭く叫ぶ。

「証拠品の持ち出しは禁止よ！」

「ごめん、ポリー。緊急事態なんだ。取調室に持ってくだけで、すぐに返すから」

申し訳ない気分で藍はポリーの肩を叩き、ハイエルに続いて飛び出そうとする。しかし、伸びてきたポリーの手に捕らえられてしまった。そのまま容赦なく藍を睨みつけながら、ポリーがリストを差し出してくる。

「まずサイン。返却後に他の欄も書いてもらうからね」

苦笑してサインペンを受け取り大人しくサインを済ませたことで、ようやく鑑識課を離れる許可が下りる。

藍が上階へ戻ると、ハイエルとブラウンが取調室の入り口に立ちはだかり睨み合っていた。

「五分でいい。言いたかないが、お前はもう一時間も無駄にしてるんだぞ。二度とは言わせるなよ。俺はただリディア・マックスを見つけたいだけだ」

冷たく言い放ったハイエルをしばらくの間睨みつけていたブラウンだったが、不承不承頷くとそこを退いた。ハイエルが藍を振り向く。

「入るか？」

数秒間の葛藤《かっとう》ののちに、藍はゆっくりと頭を振り、取調室に入っていくハイエルを見送ると監督室に戻った。

ハイエルの背後で閉まった取調室のドアを忌々しげに一瞥したブラウンも、監督室へと入ってくる。

「あいつはいつもこうだ。まるで俺が手柄ばっか気にして被害者のことなんか考えてないみたいじゃないか。これはどっから見ても俺のヤマだってのに、手掛かりがあっても俺に教えず、いつも自分で先に動きやがる。部下の前で恥かかせやがって。お前等の班がなんで局内で一番嫌われてんのかわかってんのか？　お前等のボスがルールってもんも他の奴の面子ってもんも気にしないからだよ。一番大切なのが事件で、一番重要なのが被害者だなんてことは全員わかってんだ。けどな、互いを尊重することだって重要だろ。じゃなきゃ協力なんかできないだろうが」

ブラウンの恨み言を聞きながら藍は苦笑するしかなかった。藍達のボスに最も欠けている能力が協調性というやつなのだから。

取調室の中、ハイエルがあのアルバムをトビー・アレンの前に置く。

アルバムを目にしてもトビーにはなんの反応もない。単に笑みを浮かべただけだ。

『ハロー、イヴ』

ハイエルが椅子を引いて腰を下ろす。その顔に満ちているのは嘲笑うような笑みだ。

トビーが初めてびくりとする。上げた眸にも警戒心と憎しみが満ちていた。

『……俺はトビーだ』

その主張にはただ笑ってみせただけで、ハイエルがアルバムを開く。

『これは君じゃないのか？　可愛いちっちゃなイヴ。着ているお洋服も可愛いじゃないか。どうして着なくなっちゃったんだい？』

『そんな風に呼ぶな！』

不意にトビー・アレンが大声を上げ、手錠の掛けられた手で力一杯机を殴りつけた。今の動作で傷つけたのだろう、手首から血が流れ出す。

『俺はトビーだ！　トビーだ！　聞いてんのか？』

トビーの激昂《げっこう》になんの反応も返すことなく、ハイエルは言葉を続けた。

『君のママは君になんて言ったんだ？　イヴ、あなたのお兄ちゃんは死んじゃったのよ。私にはあなたしかいないの。あなたは私のただ一人の娘よ』

『違う！　あの人は、そんな風に言わなかった。イヴが死んだってわかってたんだ。イヴは死んだんだって……あの人は知ってた……』

トビーが小さくなって頭を抱える。まるで、自分の言葉を頭に焼きつけようとしているように。

『イヴは死んだ、死んだんだ。死んだのはイヴだ。トビーじゃない……トビーじゃない、トビーは生きてる……』

『どうしてリディアをあの湖に連れていった？』

不意にハイエルが声を和らげる。

『あの湖が好きだったのか？』

俯いていたトビーは、しばらくしてその問いにかすかに頷いた。

『あの湖だけだった……あの人が一時間もドライブして連れていってくれて……俺と散歩したり、写真を撮ったり……俺はとってもいい子で……とっても大人しいんだって他の人と話したり……』

ハイエルがマジックミラーに目を向けたのを受け、藍は監督室を飛び出すと地図を掴んで駆け戻った。

「一時間くらいの道程で……」

地図を睨みながらつぶやく藍に、ブラウンが眉を顰めながら意見を述べる。

「郊外の湖ってのは少なくない。貯水池だけでもかなりの数だぞ」

比較的可能性のありそうなものに藍が素早く丸を付ける傍ら、捜索用のヘリコプターを出すよう指示をしにブラウンが駆け出していく。

『あの湖は君達親子にとって思い出の多い場所なんだな』

取調室の中、ゆっくりとハイエルが口を開いた。

『……そうさ……あそこだけ……あそこだけだ……でも、あれは俺のためじゃなかった……』

自分の服の裾を掴み、力を込めてトビーが捩《ねじ》り上げる。まるで引き裂こうとしているかのように。

『あれはイヴのためだった……あんな汚らわしい小娘のために……』

これ以上ないほどの憎しみをトビーは抱いているようだった。力を込めて自分の服の裾を引っ張り、引き裂く。

『イヴばっかり……どれもこれもイヴの……イヴだけがあの人をシャーウッドに行かせられるんだ……』

顔を上げたトビーが、ハイエルを見る。何か楽しげな色がその目にはあった。

『知ってる？　あそこの湖はなんでも浄化できるんだよ……』

彼の言葉が終わるのを待たずにハイエルが取調室を飛び出す。藍も携帯電話を掴みながら同時に監督室を飛び出し、ハイエルについて下へ向かった。

「そうです。シャーウッド湖です。シャーウッド・カントリークラブの傍のあの」

ハイエルに続いてエレベーターに乗り込む前にブラウンとの通話を終わらせる。

携帯電話を固く握り締め、生きているリディアにまた会えることだけを藍は願った。

◇

一時間の道を、ハイエルは三十五分で走り抜けた。それでも藍にとってのその三十五分は拷問《ごうもん》同然だった。

絶え間なく脳裏に浮かぶのはリディアの可愛い声や仕草、リディアを連れて帰ると言ってよと泣きそうになって頼んだ時のジェイソンの姿、誰もリディアを連れて帰ると言ってくれないのと泣いていたマックス夫人の顔。

ひっきりなしに深呼吸することで、藍は少しでも自分を落ち着かせようとした。

シャーウッド湖の畔《ほとり》に車が停まると、藍は素早く降りた。捜査人員の配置は既にブラウンがやっている。

シャーウッド湖はひどく広い。捜索は岸沿いに行われていたが、こんな深夜で、しかもちょうど月のない晩だ。湖面に目をやっても何一つ見えない。

懐中電灯を手に自分も岸沿いを走って探しながら、藍はリディアが岸辺で見つかることだけを願っていた。

警察犬の吼《ほ》える声とヘリコプターのプロペラの音が、近付いては遠ざかるサイレンの響きと合わさり、人を不安にさせる組曲を奏でている。

藍の不安もますます強くなった。リディアの変わり果てた姿など想像したくはない。なのにできるのは、消えてしまいそうに小さな希望を胸に抱き締めることだけだ。

湖面を吹き渡ってくる冷たい風に、藍はぶるりと震えた。

ずっと昔、全身血に塗れて救急車の後部座席に座っていた時のことを思い出す。クラクションと人々の騒いでいる声の中で、藍は一人ぼっちだった。身体に粘りつく血の熱さと、吹き過ぎる風の冷たさと。その中で、小さな藍は震え続けていた。

そんな藍を毛布で包んでくれたのはケヴィンだ。笑って、話し掛けてくれたのも。緊張しなくていいよ。怖がらなくていいんだ。大丈夫だよ、と……。

自分も、リディアにそんな風に言ってあげられる機会があるのだろうか？　大丈夫だよ、と……怖がらなくていいんだよ、と……。

焦りが増すばかりだった。今の自分をイアンが目にしたなら多分、君は事件に個人的感情を持ち込み過ぎるんだよ、というようなことをコメントするはずだ。

藍は苦笑し、そして不意に思った。自分には本当にカウンセラーが必要なのかも知れない。それに、友達も。イアンに腹を立てるべきではなかった。

冷たい空気を深々と吸い込んだ藍は、湖面に何かが閃いたのを見た気がして振り向いた。

一瞬愕然としたが次の瞬間、岸辺に駆け寄ると懐中電灯を湖面に向けて閃かせ、極小さな光を放った場所を照らす。

息が止まりそうになった。

もうはっきりとは見えないそれは、ピンクか白のレースに縫いつけられたスパンコールだった。湖面にきらきらと小さな光が瞬いている。

藍は懐中電灯を投げ捨てた。脱いだ上着を放り投げるや、湖に飛び込む。

周りの騒ぐ声も、自分を呼ぶ声もはるかに遠く感じられた。水面に浮かんでいるその小さな身体に向かって少しでも早く泳ぎ着きたい、頭にあるのはそれだけだった。

夏場にもかかわらず、深夜の湖の水は雪解け水のように冷たく、心臓まで凍りつきそうになる。リディアの小さな身体を掴んだ藍は彼女の顔を上向かせ、しっかり抱え直してから岸に戻るために力を振り絞った。岸辺で手を差し出していたハイエルが、藍を掴まえると力強く引き上げてくれた。

壊れ物でも扱うかのようにそっと、藍はリディアを地面に横たえた。手を伸ばし彼女の胸を押して応急手当てを始める。

「リディア!」

その耳元で彼女の名前を叫んだ。リディアを生き返らせたかった。もう一度、目を開かせたかった。

周りで騒いでいる連中が何を喚いているかなどわからない。一言も耳に入っては来ない。

「リディア!」

ただ精一杯彼女の名前を呼び、冷たくなった身体に心肺蘇生法を施し続ける。だが、リディアはまるでよく眠っているかのように目を閉じていた。血の気のない頬と唇は、まるで彩色される前のビスクドールのようだ。

誰かに、身体が揺らぐほどの力で引き剥がされる。その誰かにしっかりと支えられた後で、藍はようやく顔を上げて相手を目に映した。

よく見知っている目鼻立ち以外は、まるで別人のもののようなその顔を凝視する。そこに浮かんでいる表情は優しく、あの午後に自分が見たものとほとんど変わらないような気がした。ただし、辺りは真っ暗で、二人の距離もひどく近かったので、それが自分の幻覚でないとは言い切れなかったのだが。

「もう充分だ」

静かにハイエルが言った。

「彼女はもう亡くなってる」

藍は目を閉じた。手を伸ばしてびしょ濡れの顔を拭い、自分の頭を抱え込む。全身濡れそぼり、髪の先からはひっきりなしに水滴が滴《したた》っていた。

幾度か深く息を吸った後で、藍はもう冷たくなってしまっている少女の方を向いた。ゆっくりと近付き、ついさっき自分が地面に投げ捨てた上着を掴み上げると、それでそっとリディアを包み込む。

リディアのつやつやした頬に張りついていた髪の毛を優しく撫でつけてやり、藍はささやいた。

「リディア……安心して。もう怖がらなくていいんだ、大丈夫だよ……俺が、おうちに連れて帰ってあげる……おうちに帰ってママに会おうね……」

リディアの身体がボディバッグに収められ、注意深く抱き上げて運ばれていくのを、そこに立ち尽くしたまま藍は見守った。

湖面を吹き渡ってくる風に全身が震えている。ハイエルに呼ばれてようやく藍は、自分達がもうここを立ち去るべきなのだということを意識した。

無言のままハイエルについて車へと戻った藍に、ハイエルがトランクから作業着を投げて寄越す。

「まずは着替えろ」

黙々と車の傍で濡れたシャツを脱ぎ、その作業着を着込んだ藍は、トランクを閉めた時にハイエルがずっと自分を見ていたことに初めて気付き、かすかに笑みを浮かべてみせた。

「大丈夫だよ」

大丈夫だ……。

心の内でもう一度繰り返してから車に乗り込み、ハイエルが車を出すのをシートベルトを締めて待つ。だが、その場に座って五分が経っても、まだハイエルが車を出そうとしないので、藍はハイエルを振り向いた。

「大丈夫だって言っただろ」

時計に目をやったハイエルが、ようやくキーを捻って車を出す。

「五分だ。まだどうってことはないさ」

ハイエルのその言葉に藍は苦笑せずにいられなかった。自分がなぜ笑えるのかがわからないくらい、ひどく疲れてはいたが。

ハイエルが俺を心配してる？

俯いて自分の手を見ると、まだかすかに震えていた。湖の水でかじかんだのか、それともリディアの身体が冷えきっていたからなのか。ぎゅっと手を握り、また開く。幾度かそれを繰り返した。

落ち着かなければならなかった。やらなければならないことがまだたくさんある。マックス家の人にも会わなければならない。

シートの背に頭を凭せ掛け休もうとしたが、目を閉じただけで、ますます寒くなった。まだ着替えていない濡れたままのスラックスと水を滴らせている髪、そのどちらもが否応なしに現実を突きつける。リディアは死んだのだということを。

一時間足らずの道を、ゆっくりと一時間半掛けてハイエルは走り、ようやく局の地下駐車場に滑り込んだ。

車が停まるのを待ってシートベルトを外し降りようとした藍は、傍らのハイエルが動こうとしないのを怪訝に思い運転席に目を向けた。

「寒いのか？」

声を掛ける前に逆にハイエルから問われ、なんのことを言っているのだろうか、と思う。だが、ハイエルの視線が自分の手に向けられているのを見て合点がいった。藍の指は今もかすかに震え続けていたのだ。

確かに寒気はあるが、そこまで寒いわけではないのに。

伸びてきたハイエルの手に自分の手が握られるまで、藍は言葉を失ってそれを眺めていた。

乾いて熱い、関節の浮き出た長い指が、自分の指に絡みつく。

痛みすら覚えるほどの力がその大きな手に込められるのを感じ、かすかに眉を顰めると、ハイエルがようやく手を緩めてくれた。

ハイエルの顔をじっと見つめる。

ハイエルは自分のことを心配しているのだろうか、それとも単純に自分を軽くサポートしてくれようとしているだけなのだろうか。藍にはわからなかった。その顔に心配や、あるいは気配りの色が浮かぶのを見たことは、ハイエルと出会って以来これまで一度もなく、それは今この瞬間も同じだったからだ。

どちらにせよ、いつの間にか手の震えは治まっていた。なんとか笑みを浮かべてみせ、藍は自分の手を引き戻す。

「サンキュ。着替えてシャワーを浴びてくるよ」

ハイエルはそれ以上は何も言わなかったが、車を降りて藍と一緒にエレベーターに乗り込むと、藍がオフィスのある九階のボタンを押す前に三階を押した。何も言えないまま三階に着いた藍が大人しく降りると、エレベーターのドアが閉まる寸前、ハイエルが一言言い捨てる。

「風邪なんか引いてみろ。ぶっ殺すぞ」

苦笑しながら藍は自分のロッカーへ向かい、乾いたタオルを持ってシャワーブースへ駆け込んだ。

頭の天辺から爪先まで熱い湯に打たせても、少しも温かくはならなかった。自分がまだ湖の水に身を浸しているように感じる。

冷たい湖の水はまるで、小さかった遠い昔に藍の全身に貼り付いていたあの血液のようだった。粘り、湿っていて、冷たく、どう洗っても落とせない。

小さい頃、藍は何度も、夜中にこっそり起き出しては身体を洗っていた。ケヴィンがそれをメアリーには見せないようにしているのを藍は知っていたが、メアリーがそれでも起きているということもわかっていた。ケヴィンの部屋のほんのりと黄色味を帯びた灯りがドアの隙間からかすかに漏れていたからだ。藍がバスルームから出てくるまで、彼女はベッドに座り待っている。

藍がバスルームを出て部屋へ戻れば、夜の静寂の中、ケヴィン達の部屋でランプのスイッチが切られるぱちんという音がするはずだった。ケヴィンとメアリーが起きている。その事実があの頃の自分の心に安らぎを与えていた。

落ちてくる湯の中に頭を突っ込み、大きく口を開けて湿った熱い空気を吸い込む。湯の温度が耐え難いほどに熱くなり、シャワールームに充満する湯気で息ができなくなってから、藍は湯を止めた。

頭を振って濡れた髪を後ろに掻き上げ、シャワーブースを出る。タオルを掴んで身体を拭いた。この事件には何か、他と違う要素があるのだろうか？　ルーシー・アレンの存在、それだけでこんな状態になるまで自分に影響を及ぼすことができるものなのだろうか。

更衣室のベンチに腰掛けた藍は、柔らかな白いタオルに顔を埋めた。

なんとかして気持ちを発散する必要がある。この状態が続いたら精神面に何か支障を来たすかも知れなかった。自分を制御できなくなった時の行く末など、考えたくもない。

もし自分で自分をコントロールできなくなれば、つまりは藍はヒューズの言葉通りになってしまうのだ。

それは、藍が最も望まない結果だった。こんなに長い間努力してきたのは、ヒューズの間違いを証明するためだ。これまでの努力を無駄にする気はない。

見ろ、俺の言ったことは正しかったろう、この子を養子になんかするなって警告しただろうが。そうヒューズがケヴィンに言うところなど、見たくはなかった。

藍は嗤《わら》いだしそうになる。結果として二十年近くが過ぎても藍はまだ子供のようにヒューズの言葉に固執《こしつ》している。仮にヒューズが正しくても正しくなくてもどうだというのか。そもそもなんのために努力してきたのか、時々藍自身にすらわからなくなるのに。

少しでも気持ちを鎮めようと藍は深呼吸し、タオルを放り投げた。スポーツウェアとテニスシューズに着替え、タオルを首に引っ掛けて足早にシャワールームを出る。報告書を書き終えたら一度家に戻ろうと思った。

エレベーターに乗り込み九階を押しながら、自分がまだポリーのあのリストへの追加記入を終えていないのを思い出す。後で鑑識課に行かなくてはと考えながらエレベーターを降り、自分のオフィスへ足を向けた。

だがその時、廊下の端、オフィスのドアの前の長椅子に男の子が座っているのが目に入る。

鳩尾《みぞおち》を一撃されたような気分だった。

数秒間躊躇い、深呼吸してから、のろのろと歩きだす。

「……やあ。ジェイソン」

藍が近付くとジェイソン・マックスが顔を上げた。しかし、藍に向けられたその目は、救いようもないほどに虚ろだった。

「……とても、申し訳ないと……」

まともに言葉を発することすら難しいほどに、藍の喉は渇ききっている。

藍の眼差しを避けるように俯いたジェイソンが、しばらくしてからようやくゆっくりとその一言を吐き出した。

「……嘘吐き」

藍は言い返せなかった。少年の頭を撫でてやりたかったが、ジェイソンは誰にも触れられたくないかも知れない。そう思うと腕は動かせなかった。

「嘘吐き。僕に言ったくせに」

一瞬声を詰まらせたジェイソンは、顔を上げると藍を睨んだ。大きく見開かれたその目から涙が零れ落ちる。

「僕にはっきり言ったのに、騙したんだ！」

「ごめん」

ジェイソンを慰める言葉など口にできるはずもなく、藍にはただ謝ることしかできなかった。

そんな自分の顔にはどんな表情が浮かんでいたのだろう。藍の顔を見つめたジェイソンは、もう口を開こうとはしない。

最後に、ぐっというような声を一声だけ上げて泣きだしたジェイソンが、廊下の逆の端へと走っていく。躊躇いを振り切りどうにか顔を上げた藍が、ジェイソンを引き留めようと手を伸ばした時には、その足音はもう止まっていた。

視線の先ではマックス夫人が、自分めがけて飛び込んできた息子を抱き締め、その頭をそっと撫でている。

藍と目が合った夫人の顔は憔悴《しょうすい》し、まるで全ての感情を手放してしまったかのようだった。

だがその赤くなった目で静かに藍を見つめた彼女は痛々しい微笑を浮かべ、無言のまま感謝を告げてくる。

彼女に自分は謝らなければならない。せめて何か言わなくては。

しかし藍は一言も口を利くことができなかった。

彼女を送っていくようにと、ブラウンが誰かに言いつけ、マックス夫人とジェイソンは帰っていった。

何もできず突っ立っている藍の姿を目にしたブラウンが、ゆっくりと近付いてくる。

「お嬢さんに被せてあった上着は誰のものかと彼女が尋ねたんで、お前のだと言っておいた。お前に礼を言っていたよ。あの子は、ひどい寒がりだったそうだ」

息が詰まり、藍は目を閉じた。

彼女に感謝されるに値する行動などできていない。自分は何もかもしくじったのだ。

「事件に感情移入し過ぎるなよ。今回の共同戦線には俺も決して満足しちゃいないが。けど、まあ……お疲れさま」

慰めるように藍の肩を叩いたブラウンがオフィスへと戻っていく。藍はその場に立ち尽くし、長い廊下が人の気配を失い静まり返るのをただ見ていた。

コンコンというノックの音が、藍を我に返らせる。振り向くと、ハイエルが立っていた。

「いつまでそこに突っ立ってる気だ？」

「ごめん」

小さく笑ってみせ、藍はオフィスに入った。ダニーとアニタもまだ残っている。

「全員、今日はさっさと帰れ。残りはまた明日だ」

「俺は帰る前に報告書を入力するから、先に行ってくれていいよ」

上着を掴んで今にも帰ろうとするハイエルに笑ってそう言いながら、藍はパソコンを立ち上げた。

藍をしばらく見ていたハイエルは、意外にも止めようとはせずに、後ろを向くとオフィスを出ていく。

やや躊躇っていたダニーが、藍の肩を軽く叩いた。

「早く帰って休めよな」

「わかってる」

笑みを返してしばらくすると、帰っていくダニーの足音が聞こえた。アニタはそこに立ったまま、心配げに首だけこっちに向けて藍を見ている。

「ポリーのとこのリストならあたしが埋めといたからね」

「サンクス。すごく助かる」

「……人の言うことなんて、気にすることないんだからさ」

向けられた感謝の笑みにアニタは溜め息を吐き、ダニーの真似をして藍の肩をそっと叩いた。

「バーに行かない？　セフレ見つけて一晩中ヤりまくって、明日になったら今日のこと全部忘れちゃうってのがいいよ」

その提案に藍は笑いはしたが、返事はしないままパソコンに向き直ると、諦めてオフィスを出ていくアニタに軽く手を振った。

一人きりになったオフィスの中、画面上でひっきりなしに瞬いているスクリーンセーバーを見つめる。マウスを滑らせると、真っ白な画面に文章を打ち込み始めた。

この三日間の全て、残しておくべきあらゆることを、記録する。

機械的に作業をした。適切な言葉を考え事件の経過を思う。何一つ書き漏らしたくはない。

保存をしてから時計を見ると、もう明け方の五時半になっていた。

藍は窓辺に近付き、散らばっている資料のファイルを避けつつ、そろそろとブラインドを開けた。狭い隙間から覗くと、灰色に煙《けぶ》った空にまだ日は昇っていない。

疲れがピークに達しているのを感じるが、それと同時に身体の方はひっきりなしに注意を促している。気持ちの発散が必要だと。

誰か探して殴り合いの喧嘩でもするべきなのかも知れない。それか、力の限りに喚けるような場所を見つけるか。さもなければアンの言ったようにセックスフレンドを捕まえるか。

実家に帰ってメアリーに会うこともできるだろう。今帰れば朝食にありつけるかも――……。

今の自分が気晴らしのためにできることを色々と考えながら、藍はパソコンの電源を切った。

机の上のキーを掴み、駐車場へ下りようとエレベーターに乗り込みながら、イアンのところへ行って言葉を交わすのも悪くないかも知れないと思う。

ロックを解除して運転席に座った藍は、車を出そうという時になってようやく、自分の手にしているキーホルダーが自分のものではないことに気付いた。

このキーホルダーは、ハイエルのものだ。

藍はぽかんとした。自分のキーホルダーをどこにやったのか、覚えていない。

車はハイエルが運転して戻ってきたのだと思い出す。

この車のキーは二人とも持っているが、ハイエルはいつも、藍が所持している方のキーで運転するのを好んでいた。オフィスに戻ってくると、また藍の机の上にキーを放り出す。ずっとそんな風だったので、それでさっき机の上に置かれていたキーを自分のものだと思ったのだ。

ハイエルが何を考えているのかわからず、藍は苦笑した。だが、ハイエルに限って〝キーを間違えて持っていく〟ということなどない。

ぐったりとハンドルに突っ伏す。今にも倒れそうなほど疲れているのに、家の鍵は今、キーホルダーごとハイエルの手にあるのだ。今の藍には自宅の玄関をくぐる術がなかった。

自分を落ち着かせようと深々と息を吸い込んだ藍は、身体を起こすとエンジンを掛け車を出した。

ケヴィンのところに行けば寝かせてもらえることはわかっている。それとも、イアンのところで仮眠させてもらうか。

でなければダニーに電話して……もしかしたらアンだって気にせずに泊めてくれるかも。駄目ならオフィスに戻ってソファで寝ることもできる。

選択肢はたくさんあった。

考えながら、静寂に包まれた街にゆっくりと車を走らせる。

しばらく走らせた後、車を停めて藍は深呼吸をした。ひどく疲れている上、全身が強張っている。あるいは緊張しているのかも知れない。意識しなくても自分の鼓動が聞こえる。

エンジンを切って、重い身体と気持ちを引きずるように車を降りた。

無意識にキーホルダーを指先に引っ掛けて回しながらドアの前に立つと、躊躇いが湧く。

かなりの時間そうしていたのか、実際にはそれほどでもなかったのか、ドアの前に立ち尽くしていた藍はキーを固く握り締め、手を伸ばして呼び鈴を押した。

すぐにドアが開く。まるで、藍が来るのをとっくの昔から待っていたかのように。

「お前に鍵を渡しっ放しにしてたのを思い出してな」

「……ハイエル」

リラックスしたハイエルの笑みに比べ、自分がまるで初めてプロム《ダンスパーティ》に参加する少女のように緊張しているのを藍は感じる。

「……俺の鍵をこっそり持ってってたんだって、なんで正直に言わないかな」

ぼそぼそと文句を口にする藍にハイエルが笑みを浮かべた。まるで睨めっこでもするように二人は静かに見つめ合った。

「ずっとそこに立ってるつもりか？」

笑みを大きくしたハイエルが、少し下がってドアを大きく開く。

この家に足を踏み入れるべきでないことはわかっていた。ただ口を開き、言えばいいだけだ。

自分の鍵を返してくれと。

ひどく簡単な、たった一言だ。

だが、藍は自分を抑えきれなかった。ヒューズの、言ったとおりに。

レックス・ハイエルに出会って以来、藍の全てはこの男の手の内にあるも同然だ。

操られるようにそのドアをくぐった藍の背後で、ドアに鍵の掛けられる音がした。検死官の手で遺体保存用冷凍庫の引き出しが閉められる、その瞬間の音を聞いたような気分になる。

ハイエルは悩む時間を藍に与えようとはしなかった。熱い身体が近付いてきた時、藍はただ目を閉じた。

まるで水に溺れているかのように、呼吸ができなくなるのを感じたが、それでも藍にははっきりとわかっていた。

誰かの手中に全てを握られているというその感覚に、自分が既に溺れているということも。

自分ではそこから抜け出せないのだということも――……。

《第2巻に続く》

番外編

記憶の中の母親がどんな姿をしていたか、彼はもう思い出せなかった。

母親の匂いや、抱かれた時のぬくもりは、その容姿以上に完全に記憶から消え失せている。

記憶の一番深い部分にあるものは、錆臭さと酒の臭い。そして漂白剤と洗濯石鹸《せっけん》、鮮血の臭いが混ざり合った生臭さだ。

遠い昔に彼は疑ったことがある。自分は本当にこの世に存在しているんだろうかと。それは母親がいつも彼をその目に映そうとはしなかったせいだ。

アルコール依存がそこまで悪化してしまう前は、母親もまだいつも酔っ払っているというわけではなかったし、彼にご飯を作ってくれることを忘れたりもしなかった。気分のいい時には本を読んで聞かせてくれたり、中国の文字を教えてくれたりもした。

だが、徐々に彼女は大半の時間を酔っ払って過ごすようになった。彼女が酔っている時には、彼はまるで透明になってしまっているかのようだった。彼女はサムのことはその目に映しても、彼には目を向けてくれなかったから。

『あんたなんか産まなきゃよかった』

初めの頃、幾度となく彼女は酒瓶《さかびん》を掴んでは、泣き喚きながらそれを投げつけてきた。一面に広がる酒の臭いとガラスの破片。更に彼女はその手が届く範囲にある物であれば、それがなんであれ――剃刀《かみそり》に限らず、ガラスの欠片だろうが割れた鏡だろうが――それを掴んで彼女自身を傷つけた。

彼女の腕から勢いよく噴き出す鮮血は、幾度となく彼の上にも降り注いだが、彼女はまるきり気にも留めなかった。

シーツを染める彼女の血。そんな時はいつも、床も一面血塗れだった。腕に流れる血が肘まで伝い、ゆっくりと床に滴り落ちていくのを見ながら、彼女は落ち着きを取り戻し、その後は何かを待ってでもいるかのように、静かに座っているのが常だった。

それでもリストカットが始まったばかりの頃は、母親の目にはまだ彼が映っていたし、彼に対して恨み言を口にすることもあったのだ。

サムはいつも、酒瓶の割れる音を聞きつけるや否や、勤め先である階下のスーパーから大急ぎで駆け上がってきた。そして母親の手当てをし、彼が怪我をしていないかを調べてから、床一面に散った破片や血を掃除してくれた。

その頃の彼がいつも願っていたのは、母親の意識が自分に向きませんように、ということだった。母親の様子がおかしくなるまで待ったりはせず、その前にどこか隠れられる場所を見つけてはそこに身を潜めていた。サムが彼をそこから引っ張り出し、慰めるようにそっと抱き締めてくれるまでずっと。

もしかすると自分のその願いが強すぎて、母の目には自分が映らなくなったのかも知れないと彼は思った。

いつも彼女が彼に投げつけていた毒のある言葉すら、もう口にされることはなかった。母親は完全に彼を忘れ、子供がいたということすら忘れた。

その時になって彼はまた悩み始め、母親の目にもう一度自分の姿が映るようにするべく、あらゆる努力をしたのだが、母親はしらふの時でも、何も見えていない振りをした。

彼女の面倒を見るために、サムはいつもできる限りの努力をしていた。彼を育てていくためにも。

サムがいない時、母親は壊せるものならなんでも手当たり次第に粉々に打ち砕こうとした。その大音響で注意を引き寄せては、サムが階下から駆け上がってくる姿を見ていたのだ。

サムが傍にいる時でも、彼女はやはりそんな風に振る舞い、サムの意識が自分に対してだけ向くのを待っていた。

母親がそんな風に振る舞う理由は、彼にはわからなかった。そんな時の彼女が、痛いとは一言たりとも口にしない理由も。

大騒ぎの後はいつも、母親もしばらくは静かにしている。静寂の中、疲れたように床に座り込んでいるサムは、すぐにも眠ってしまいそうに見えた。

床には、サムが片付けきれなかったガラスの破片と、母親の血に塗れた剃刀が落ちている。

それは、ただの好奇心だった。そんなことをする時の母親が、いったいどんな気分になっているのかを彼は知りたかった。剃刀をつまみ上げ、母親がいつも力を込めて切り裂いている場所を、同じように切り裂く。

その激痛は彼の思考の全てを一瞬で埋め尽くした。

予想外の事態に彼が叫び声を上げるよりも早く、サムが狂ったように飛び掛かってきて彼の手の剃刀を奪い取った。力一杯彼をひっぱたき、固く抱き締めて大声で泣きだす。

顔に感じている熱い痛みと、鋭い剃刀で切り裂いた腕に感じる痛み、その二つは全く異なるものだった。それは、彼が初めてぶたれた瞬間であり、サムがそんな大声で泣くのを初めて見た瞬間でもあった。

彼は泣かなかった。痛いと喚きもしなかった。ただサムを抱き締め、謝っただけだ。何度も、何度も。

その時の傷が、母親のと同じように傷痕になって残ることはなかったので彼は少しほっとし、少し悩んだ。もし傷が残っていればあの痛みを覚えていられたかも知れないと思ったからだ。だが、サムがそれを見て苦しむだろうことを考えれば、傷痕が残らなくてよかったとも思う。

母親がどうしていつもこんなことをするのか、彼にはほぼ理解することができた。それでも、再びそれを実行することはしなかった。サムのために。

サムは彼に言ったのだ。それは間違いだと。正しくないことだと。

気力の全てを使い果たしたかのような疲れた顔で、それでも力強く彼の肩を抱きサムは誓わせた。

〝もう二度と決してこんなことはしない〟

サムを悲しませたくはなかった。だから彼は頷いてサムの要求通りに誓い、癖になりそうなその痛みのことは二度と考えようとしなかった。

母親がなぜそんな自傷行為に走るのか、考えるのもやめた。なぜ自分のことを見ようとしてくれないのかについても。

だが、彼の脳裏にはたびたびその痛みのことが甦った。腕から始まり、拡がってくる痛み。瞬間的に意識の全てが引き寄せられるような、ただそれだけが現実のものとしてあるような、あの痛みのことが。

彼は一生懸命家事を手伝い、母親の面倒を見ることでサムを手伝った。

しかし彼も気付いてはいた。日ごとにサムが笑顔と、本来持っていたはずの朗《ほが》らかさを失っていくことに。

秋になってすぐのある日のことだった。

家の中は異常に蒸し暑く、酒の臭いは煮立てられた粗悪な茶葉の香りでほとんど掻き消されていた。

全身に掻いた汗に追い立てられるようにして、彼はベッドから起き上がった。蒸し暑さで息もできない。

立ち上がってベッドサイドの窓を開け、路地裏の臭いの混じったかすかな風を吹き込ませると、家の中の様子はよりいっそう奇妙に感じられた。

突き刺さるようなケトルの笛の音が止まらない。

窓の外から聞こえてくるのは、近付いては遠ざかるサイレンの音だ。

パトカーと救急車をどう聞き分けるかをサムが教えてくれたのを思い出し、彼は耳を傾けた。どちらもいるように聞こえた。

足跡が、床に赤く付いている。家の中はひどく暑いのに、床に下りるとそれは足の裏に冷たかった。

バスルームの前へと彼は向かった。サムが壁に凭れ、床に座り込んで震えている。

半分閉じたドアの中を覗いた彼に見えたのは、真っ白な母親の手と一面の赤だ。

血の感触はまだ温かく、臭いはまるで地下室の錆びた鉄パイプのように感じられた。彼はこの臭いが嫌いだった。

いつもと違って母親に少しも動く気配がないのを目にし、彼はサムが言ったことを頭に思い浮かべた。そういう時にサムがいなかった場合、どうするべきなのかという手順を。

まず９１１《緊急通報》に電話を掛け、母親の服と保険証を用意する。自分も服を着替えて掃除もしなければならない。身体に血を付けていてはいけないのは確かだった。そして誰に何を訊かれても、わからないとだけ言うのだ。

だが、サムは家にいる。ただ、これまでとは全然様子が違うだけで。

今日のサムがどうして座ったままなのか、彼にはわからなかった。サムは全身を鮮やかに赤い血に塗れさせて、泣き続けているだけだ。

「……サム……どうしちゃったの……」

彼は手を伸ばしサムの手にそっと触れたが、サムの反応はなかった。

振り向いてのろのろと彼は足を進めた。そっとバスルームのドアを押す。

そこに広がっている一面の血は、いつも目にしているものより多かった。母親の少しも動かない身体は床に倒れていて、血がだらだらと排水口へ滴り落ち続けている。サムがいつもやっているように、彼は母親の傷口を押してみようとした。

血の、粘っこくどろっとした感触が彼は嫌いだった。

だが今日のその感触は、いつもとは違っていた。母親の手に熱はなく、柔らかさもない。

「……サム……マミーが冷たくなってる……」

どうするべきなのかがわからず、彼はバスルームの外へ走り出た。

母親の使っているケトルがコンロに掛けられたまま、音を立てて熱湯を吹き零れさせていた。

溢れ出た湯で火が消えてしまい、ガスの臭いが茶の香りを掻き消していく。部屋は湿度の高い熱気に満ちていた。

どうすればいいのかをサムに訊こうと思って振り向くと、いつの間にかサムが後ろに立っている。その手に母親の肉切りナイフを持って。

「……サム……どうしたの？」

頭を後ろに反らし、彼の第二の母親を見上げる。

サムは彼の前にしゃがみ込むと、彼を軽く抱き締めた。耳元にそっとささやかれる。

「……ごめんね……ラン……私、あなたのマミーを結局助けられなかった……」

サムの身体は温かく、母親の身体は冷たかった。それが何を意味するのか、彼にはわかっていた。

「サム……？」

サムが手を離し、立ち上がって彼を眺める。涙が一粒、また一粒と滑り落ちる。

「サム？　どうしたの？」

彼はサムに一歩近付いた。

「来ないで！」

大声で叫んだサムが何歩か後ずさり、壁に背を付けてぐったりと座り込む。

項垂れて啜り泣くサムの手は震えるほど強くナイフを握り締めていた。

「……どうして……私、もうこんなに頑張ってるのに……どうしてあなたを変えられないの……」

ドアの外から入り乱れた足音とドアを叩く音が聞こえてくる。

『お嬢さん！　馬鹿な真似はやめるんだ！　ドアを開けて!!』

物凄い音を立てて叩かれているドアを、彼は振り返った。

だが、ドアを開けていいのは私とお母さんだけよとサムが言っていたので、今にも壊れそうなドアはそのままにすることにする。

「サム？」

サムがナイフを喉に宛てがい、自分に向かって無理矢理に微笑むのを見て、彼は呆然とした。

サムがそんなことするはずない……そんなことしないってサムは僕に誓わせたんだ。だからサムもそんなことしない……しない……！

まっすぐにサムを見つめながら、何度も頭の中で喚く。サムがこんなことするはずない。だが、声は少しも喉から出ることがなかった。

「……ラン……ごめんね……私頑張ったんだけど……」

ドアが破られる凄まじい音と、彼の頬に血が飛沫《しぶ》いたのとは、ほぼ同時だった。

大きく開いた自分の口から声が出たのか出ていなかったのか、記憶は定かでない。覚えているのは目の前一面の鮮やかな赤だけ、ナイフを持ったサムの手が力一杯その喉を掻き切った光景だけだ。

何度試しても母親は成功しなかったのに、サムはあんなにあっさりと自分の命を終わらせてしまった。

室内にその後巻き起こった凄まじい混乱についての記憶はある。たくさんの人が飛び込んできて、誰かの手が彼を後ろから強く抱き締めた。まるで不意に宙に浮いたかのように自分の身体が地面から離れるのを感じ、彼は悲鳴を上げた。

暴れて、何度も何度も相手を蹴りつけながら、サムの名を呼び続けた。

だが、サムが彼に答えることはなかった。

彼が疲れ果てて、悲鳴を上げる力ももがく力もなくなってから、その手はようやく彼を放した。伸びてきた手が彼の顔の鮮血を拭う。そして温かな笑みが向けられた。

「坊や、大丈夫だよ。怖がらなくていいんだ」

黙って彼は目の前の金髪の男性を見つめた。彼は怖がってはいなかった。だが、それをその人に告げようとは思わなかった。

その人は彼に毛布を一枚くれ、彼をそれにくるまらせると救急車に座らせた。赤いランプが煌めいている。外の空気は家の中よりだいぶましだった。

何が起こったのか、彼にはきちんとわかっていた。死と称されるものがなんであるかを、サムが教えてくれたことがあったから。

たくさんの人がビルに出たり入ったりしている。喧《やかま》しい人だと彼も知っている大家が、ぶつぶつ言いながら目の前を通り過ぎていった。

「くそっ、これじゃ綺麗にするのに幾ら掛かるんだか……とんだ疫病神《やくびょうがみ》だぜ。そもそも中国人なんかに部屋を貸してやるべきじゃなかったんだよ」

一方では彼を外に連れ出してくれた金髪のおじさんが、電話に向かって怒鳴っている。

「今が何時だろうと知ったことか！　今すぐ児童福祉局の人間を寄越せと言ってるんだ！」

足元が少し寒くなり、彼は俯いて下を見た。靴を履かずに出てきている。足を縮めて毛布の中に入れると、ますます寒さを感じた。

「やあ。君は英語はわかるのかな？」

電話を終えたそのおじさんが、彼の前に駆け戻ってくる。その問いに彼はかすかに頷いた。

「私はケイというんだ。君の名前は？」

緑の目と親切そうな笑顔を持ったおじさんだった。

「……藍沐恩《ラン・ムーウァン》」

小さな声で彼は答えた。

「ラン……なんだろう？」

彼の発音がケイにはよくわからなかったらしい。サムも以前はこんな風だった。

「サムは僕をランて呼んでた」

彼は答えた。

「ええと～だな、ラン、君、私と一緒に私の家へ帰るかい？　うちの奥さんが君にホットチョコレートとサンドウィッチをご馳走してくれるよ。君、お腹は空いてる？」

ケイが彼の頭をそっと撫でる。

「……僕、うちに帰りたい」

四階の自分の家を、彼は見上げた。その階数は不吉だと母親が言ったことがある。サムはいつも笑うだけで取り合わなかった。

「ええとだね……君はしばらく家には帰れないんだ。君のうちは……ひどく散らかってしまっているんでね。まずはうちに来てしばらく過ごしてみないかい？」

やや困ったようにケイが彼の肩をぎゅっと抱く。

自分を慰めようとしているのだと、彼にはわかった。サムもいつもそんな風にしてくれたのだ。

だが、もう一つ彼にはわかっていたことがあった。自分がもう二度と家には帰れなくなってしまったのだということだ。以前、母親が言っていたように、フォスターファミリーの元へ送られるのだろう。知らない人に引き取られ、苛められながら暮らすのだ。

そんなことにはさせないわよとサムが言ってくれた。だが、サムにはもう何もできなくなってしまった。つまるところ彼女にとって、自分は重要な存在ではなかったのだ。

「……フォスターファミリーのところに僕を連れていくの？」

ケイを見上げ、彼は乾いた声で尋ねた。

数秒間、呆気に取られていたケイが、笑って答える。

「いいや。まずは私の家に帰るんだよ。その問題については何日かしてからまた話そうか」

彼はかすかに頷くことでそれに答え、ケイに自分を連れ帰らせた。ケイの好意を拒みはしなかったが、それでも彼は思っていた。ケイも結局はサムのように、自分を捨てるんだろうなと。

一日が過ぎ、二日が過ぎ、一週間が、二週間が経っても、彼はずっとその日が来るのを待っていた。ケイはいつ自分をフォスターファミリーの元へ連れていくんだろうと。

だが、ケイにその様子はなかった。

ケイの妻であるメアリーは、夫に対するのと同様に彼に対してもとてもよくしてくれた。毎日ホットチョコレートを作ってくれたし、その上にはマシュマロまで載せてくれた。サムも以前こんな風にしてくれたことがある。でも、サムが載せてくれたマシュマロよりもメアリーが載せてくれたものの方がずっと数が多かったし、様々な色までついていた。

メアリーの作ってくれる食事も、とてもおいしかった。ただ、それは母親が作ってくれたものとは全く違っていたのだが。

サムのことを彼は思った。なぜかはわからなかったが、母親のことも思った。かつて自分の手首の上を通り過ぎた、あの痛みのことも。

彼と、メアリーとケイとは同じ人種ではない。彼等とずっと一緒にいることはできないのだ。この国の人は中国人には不親切よと母親は言っていた。どうしてそんなことを言うのか、彼には理解できなかった。なぜならサムだって、金髪に青い目のアメリカ人だったのだ。

毎週、彼はヒューズと呼ばれる医者に会わなければならなかった。その人は彼とゲームをしたり、絵を描かせたり、おしゃべりをしたりした。その医者と話すのは、彼は好きではなかった。その医者が自分を見る様子が嫌だった。自分が何かほんの僅かにでも間違ったことを口にしたら、すぐにケイの家から引き離されそうだったのだ。

精一杯朗らかに、楽しそうに、少しも悲しんでなどいないように、自分を見せようと彼は振舞った。

それは彼が、その医者とケイとの会話を聞いてしまったからだった。

『あの子を養子にするってのか?』

『俺とメアリーはもう決めたんだ。俺達には子供がいないし、二人ともあの子を愛してる。ランを引き取るよ』

『長年のダチなんだ。俺がお前に警告しなかったなんて言って俺を責めるなよ。あの子の抱えてる問題は、恐ろしくでかい。ランは今八歳だ。この先一生、あの子が何かに躓《つまず》くたびに、母親と同じ道を選ばせないようお前達は気をつけていかなきゃならないんだぞ』

『お前はランが自殺するってのか?』

『俺が言ってるのは、そうなる確率が他の人間に比べて非常に高いってことだ』

『あの子がそんなことするはずがない。ランはしっかりしていて勇気もある子だ。俺はランを信じてる』

『お前は二ヶ月世話しただけだろう。過信するな』

『なんにしろ、ランは二人の母親を一度に失ったばかりなんだ。捨てられる気分をもう一度味わわせるなんて俺達にはできない。あの子を安心させてやりたい。居心地好《よ》くしてやりたいんだ。俺の家で育った子が、そんな選択をするはずないだろう』

『……いいだろう。心理評価書へのサインはしてやるよ。ただし、もう大丈夫だと俺が思うまで毎月あの子に必ずカウンセリングを受けさせると、お前が保証するなら、だ』

『サンキュー。俺がメアリーと一緒にランを連れていくよ』

彼はその会話を聞かなかった振りをした。

それから何週間かした時、ケイが彼の出生証明書を持ってきて教えてくれた。彼が永遠に彼等の家の子になったのだということを。

ケイに彼は微笑み掛け、その日から彼の名前は『ラン・M・エイムス』に変わった。

ケイはいつも彼の名前の構造をはっきりとは理解できていなかったし、彼も藍というのが姓であって名前ではないのだと説明したことがなかった。ケイは『沐恩《ムーウァン》』を発音できず、なので彼の名前はMと縮めて表記され、ケイの息子としてエイムスという新たな姓を持つことになったのだった。

ケイは彼を捨てなかった。そのことに彼は驚き、それでもなお決心していた。自分が覚えている全てを忘れてしまおうと。サムのことも、いつもその目に自分を映そうとしなかった母親のことも、忘れようにも忘れられないあの痛みのことさえも。

あんな真似は絶対に二度としない。それはサムとの約束だった。

ヒューズ医師との毎月の面会はいつも、恐ろしく緊張を孕んだものとなった。母親の真似をして自分を傷つけた過去があることなど、勿論これまで彼は口にしたことはない。ケイとメアリーすら知らないことなのだ。

彼は二人を大好きだったたし、失望させたくはなかった。それに彼自身も母親やサムと同じ道を辿りたくなどなかった。

サムの言葉は間違っていない。あれは、過ちだ。

ケイの言ったように、彼は強いはずだった。母親と同じように自分を傷つけることなど永遠に起きるはずがないのだと、証明しなければならない。

やり遂げられると、そう彼は自分を信じていた。

絶対にやり遂げられるのだと――……。

《番外編・完》

あとがき

まずはこの本をお買い上げくださった読者の皆様お一人お一人に心から感謝いたします。そして、自分の作品が日本の書店に並ぶというこの機会をくださったフロンティアワークスの皆様、この本の流通に関わる全ての方々、並びに几帳面な翻訳者さん、皆様の支えと力添えに感謝します。

虚無仮説《きょむかせつ》というこの物語は、私が五年前に書いたものです。

私は十数年来ずっとアメリカドラマにどっぷり嵌まっており、視聴が可能なクライムサスペンスものはほとんど見尽くしました。

五年前、台湾で出版したときには、読者さんの大半が「『NCIS〜ネイビー犯罪捜査班』に嵌まって虚無仮説を書いたんだな」と思ったようですが、実は違います。私が虚無仮説を思いついたのは「ロー&オーダー」が好きだからでした。

この物語の中心は勿論ハイエルと藍の恋なのですが、事件描写とサブキャラの設定にもかなりの情熱を注ぎました。私にとってこの物語で重要なのは主人公グループであり、ハイエルと藍の二人だけでなく、アニタとダニーのこともかなり愛しています。残念ながらこっちの二人についいては余りページを割けなかったのですが。

　そして勿論もう一人の重要なキャラクター、藍の良き友であるイアンのことも。実は普段私が書く攻はイアンのようなタイプなのです。むしろハイエルがイレギュラー。穏やかで我慢強いタイプの攻をずっと書いてきて、ハイエルのような腹黒く子供っぽくおまけに俺様キャラな攻というのも書いてみたくなったのですが、執筆中、本当にハイエルは私の頭を悩ませてくれました。もう藍はイアンとくっつけてしまおうかと、何度思ったことか。しかし、残念ながらイアンの性格は藍と似通い過ぎています。なのでこの二人は一生、良いお友達にしかなれないでしょう。

　この本について語りたいことはまだまだたくさんあるのですが、これはまだ一巻目。物語のネタバレに繋がってしまうのは嫌ですよね。ここまで読んでくださった読者の皆さんに感謝を。第二巻でまたお会いしましょう。

蒔舞《シーウ》　2013年9月

http://www.plurk.com/sakurainaoto　（台湾版SNS）
http://weibo.com/sakurainaoto　（中国版SNS）
※2013年10月現在

訳者あとがき

さて、私が初の台湾旅行で一目惚れし、どうしても他の人——中国語の読めない人達——にも読んでほしくなった、そんな本がようやく日本の書店に並ぶことになりました。この本をお手に取ってくださった日本の読者さん、本当にありがとうございます。

この本の作者・蒔舞《シーウ》さんは、登場人物の細かな情感を書くのに非常に長けている作者さんです。代表作は「示現之眼《じげんのめ》」。現代の台北を舞台に死者と生者それぞれの思いを丁寧に描き、完結後も挿絵のリニューアルまでされながら版を重ねてロングセラーになっています。

そしてイラスト担当のｙｏｃｏ《ヨコ》さん。サンプルイラストを見た瞬間、万歳と思いました。そして、完成した表紙を見たときには嬉しいと同時に、この表紙につりあう翻訳⁉　と一気に上がったハードルに真っ青に。ブラウンまで描いてくださりありがとうございます。二巻のイラストも楽しみにしています。

台湾で日本の漫画がどんどん翻訳されて出ているのは有名ですが、実はＢＬもばんばん翻訳されて出ています。そんな台湾で、書き手が生まれないわけがない！

今、台湾では台湾オリジナルの漫画、ライトノベル、そしてＢＬが続々と生まれています。そして、それらの大半が、日本のＢＬやラノベ、漫画を読み倒している私から見ても、すごい、これ面白い！　……そう思えるレベルです。翻訳さえすれば、日本のファンが十分に満足できるだけの読み応えがある作品達なんです。

この本の原作を出している威向有限公司《いこうゆうげんこうし》さんは、翻訳作品に埋め尽くされていた台湾オタク書店のＢＬ棚にオリジナルを送り込んだいわばパイオニア的存在の出版社。王朝時代劇・武侠もの、刑事もの・ファンタジーからＳＦに到るまで様々なジャンルのＢＬを山ほど出しています。

http://www.uei-shiang.com　（威向有限公司ＨＰ）

このサイトは勿論中国語ですが、トップページには新刊の表紙が色々載っていて、そこから作品の紹介ページに飛べるのでそれを見るだけでも楽しいですよ。

後編ではいよいよハイエルの詳しい過去が明かされ、事件も新しい局面を迎えて、事態はますます混迷の度を深めてゆきます。それが最後にどう収まるのか、十一月まで乞うご期待!!

黒木夏兒《くろきなつこ》　２０１３年９月

http://www.suijintei.com　（翻訳事務所水茎亭／訳者ＨＰ）

※２０１３年10月現在

次第に明らかになる、
事件の全貌とハイエルの過去。
そして、
ハイエルと一線を
越えてしまった藍は——……。
蒔舞《シーウ》
黒木夏兒／訳
illust.yoco
LOST CONTROL
ロスト・コントロール
−虚無仮説2−
完結｜第2巻
2013年11月下旬発売

-ダリアシリーズ　既刊案内-

5人の王
ENIWA
恵庭
Illust. EPO
絵歩
孤独な王が求めたのは、
ただ一人の星見だった。
重厚なストーリーで描かれるネットで話題のBL小説、ついに書籍化！
王が抱いた相手には所有のしるしが現れる――
神の血をひく5人の王が治める国・シェブロン。
「星見」という力を持つ妹の代わりに、傲慢で冷酷な青の王・アジュールに召し上げられたセージは、彼にその身を捧げることとなる。宮殿での日々の中、
赤の王に出会い、淡い恋心を抱いていくがその想いは許されるものではなかった。
そんなセージをあざ笑うかのように弄び、突き放す青の王。
悲しみと、彼への憎しみにセージは声を失い、秘めた神の血が目覚め――
[全3巻連動企画有] 1～2巻好評発売中
※帯に応募券がついていますので、保管しておいてください。

[完結]第3巻　2013年11月下旬発売予定!!

この本をお買い上げいただきましてありがとうございます。
ご意見・ご感想・ファンレターをお待ちしております。

＜あて先＞
〒173-8561　東京都板橋区弥生町78-3
(株)フロンティアワークス　ダリア編集部
感想係、または「蒔舞《シーウ》先生」「yoco先生」係

初出一覧

ロスト・コントロール　－虚無仮説1－
威向有限公司から出版された「S.E.R.F 虚無假設 上巻」を翻訳

Daria Series

ロスト・コントロール
－虚《きょ》無《む》仮《か》説《せつ》1－

2013年10月20日　第一刷発行

著　者 ── 蒔舞《シーウ》
©SHIWU2013

訳　者 ── 黒木夏兒

発行者 ── 及川　武

発行所 ── 株式会社フロンティアワークス
〒173-8561　東京都板橋区弥生町78-3
[営業] TEL 03-3972-0346
[編集] TEL 03-3972-1445
http://www.fwinc.jp/daria/

印刷所 ── 豊国印刷株式会社

装　丁 ── nob